JN317664

文庫

水晶萬年筆

吉田篤弘

中央公論新社

目次

水晶萬年筆

本文デザイン　吉田浩美・吉田篤弘
（クラフト・エヴィング商會）

雨を聴いた家

水が笑う、とあの本にあった。

水が笑うことなどあるだろうか。毎朝決まって律義に水盤を眺めていたが、依然として水は微動だにしなかった。窓の外では間断なく雨が降って、それはやはり笑うというよりも、延々と続く昔語りのようだった。

思えば、町を教えられたのもあの本だ。ひもといた感触だけが手に残り、書名も作者の名も記憶になかった。頁から立ちのぼる香ばしく甘い匂いや、僅《わず》かに浮き出た染みの位置さえ甦るのに、その表紙がどんな意匠であったか、どのような色合いであったかも思い出せない。ただ、本の中に現れた町の名が印象的で、梯子橋《はしごばし》、と打たれた活字のよれ具合まで目に焼き付いていた。

その名を偶然、〈水飲み〉の調査ノートに見つけたとき、

「物語を探す人は遅かれ早かれ水に出会うでしょう」

〈水飲み〉はそう言って喉《のど》を鳴らし、コップの中の冷えた水を気持ち良さそうに飲み干した。

*

物語を、と彼等もまた言っていた。もう一度、とも。

「もう一度、我々はそんな映画を撮りたいのです。物語の面白さを堪能出来るような映画を」

それで何故、私に脚本を書けというのか。私はこれまで一度として物語らしい物語を書いたことがない。そもそも脚本を手がけたこともない。

「いや、あなたはきっと書くでしょう」

誰もが予言者のような口ぶりだった。

「少し考えさせてください」

「どうか前向きに御検討を」

決まりきった言葉を交わして廊下に逃げ出すと、それではまた、と閉めたドアに、小さく〈S〉と打たれたプレートが光った。入るときは気に留めなかったが、胸ポケットにしまわれた数枚の名刺にも、それが制作事務所の名前なのだろう、いずれも肩にSの一文字が打たれていた。

彼等の事務所は東京の東を流れる川沿いの古びたビルにあり、リノリウムの廊下に靴のつま先が引っ掛かって、歩く度にS、S、Sと妙な音をたてた。そのSを振り切ってビルを離れ、陽の当たらぬ路地を抜けて大通りを渡ると、汗が滲《にじ》むほど歩いた先にようやく地下鉄の駅が見えた。

——教えを乞おう。

切符売場で目的地を見据えながら路線図を確かめたところ、皇居を迂回して乗り継いでゆく道行きがちょうどSの字になって見える。しかも、教えを乞うために目指すのは他でもないS社だった。偶然だが、私が頼りにしている古馴染みの編集者はSという名の女性で、念を押すように上の名も下の名もイニシャルがSである。

「いい経験だと思います。物語を考えなおすいいきっかけになります」

そう言ってSSさんは目の前に置かれたコップの水を飲んだ。

「きっと小説の仕事の刺激になるでしょう」

またしても予言めいた口ぶりで、しかし彼女のこうした予言は一度として外れたことがなかった。

はたしてどんな意味があるのか、私はSの字に包囲され、一週間後に再びS、S、Sと廊下を歩んで〈S〉のドアをノックした。

「どんなテーマでも構いません。心躍る物語であれば」

依頼の条件を頭の中で反芻《はんすう》するうち、いつしかそれが水と結び付いた。結び付けたのはあの本で、いつだったか旅先の古本屋でもとめた一冊の童話だった。宿に寝転んでひと晩で読み終え、間違いなく旅行鞄の底に入れて持ち帰ったはずなのに、しばらくして思い出したときにはどこにも見つからなかった。

さて、どんな本であったかと記憶を辿《たど》ると、水のひと文字が表題に含まれていたのを思い出した。あたかも水の中から浮き上がってくるように、文字や声や話の筋がゆっくりこちらに近付いてきた。

主人公は〈水読み〉と呼ばれる青年で、町の片隅に身をひそめ、水盤にたたえた水の動きを読み取って記録している。青年は波紋の描く即興的模様の中に、来たるべき世界の像を見出す異色の予言者だった。童話の体裁をとっていたが、作者自身の水をめぐる日録とも読め、〈水読み〉なる奇怪な仕事を除けば、そこに描かれているのは昭和二十年代の東京を舞台にした克明な生活の記録だった。現実の地名も頻出し、青年が暮らす町が梯子橋という名であることも示されていた。

＊

〈水飲み〉と呼ばれるその男は、自宅の庭に中世寺院の塔を模したおかしな建物をこしらえて研究に勤しんでいた。

——これは、童話のエピソードではない。

依頼を引き受けた脚本が「〈水読み〉の物語になるかもしれません」とSSさんに報告すると、ひと文字違いですけれど、と紹介してくれたのが〈水飲み〉の彼だった。読むと飲むではひと文字以上の差があるように思えたが、他に取材のあてもなく、なるほど、訪ねたその塔が童話の入口に見えなくもなかった。中は薄暗くひんやりし、塔の全体が冷たい水の中に浸されているようだった。

「これを見てください」

引き出しから取り出されたのは一冊のノートで、表紙には追い撃ちのようにSのひと文字が記してあった。何のイニシャルですかと問うと、スイートのSです、と彼は目を細めた。

「水の面白いところは」――彼は私に質問する余地を与えてくれなかった――「場所によって甘味が違うことです。井戸水はもちろん水道の水も所によって味が異なります。何がどのくらい含まれているか、水がどのようにしてそこに辿り着いているのか。つまり、蛇口に、ということですが」

さっそく私は取材用のメモに書き留めた。思いがけず「蛇」などという字を書きながら、この国では蛇の口から水が出てくるのだと今さらながら感心した。

「水を甘く感じるのは舌が甘味を覚えるからではないんです。本当に旨い水には味がありません。味が無くなることで舌そのものが甘くなるんです」

話しながら〈水飲み〉はしきりに舌先で唇を湿らせた。ちろちろと唇の間から覗く赤色が蛇の舌先に見えてくる。

「たとえば路地裏なんかを歩いていますと、ときどき道端に、何に使うものなのか、蛇口が見つかります。私はいつでも懐に小さなグラスを忍ばせておりまして、蛇口を見つけましたらグラスに一杯頂きます。そうして調査して回った成果がこのノートです。我々の街の甘い水の在り処がこの一冊に集約されています」

そんな講義を受けながら、ノートの頁を行きつ戻りつするうち、突然そこに梯子橋の三文字が現れた。誰に訊いても知らないと言われたその名が、何の変哲もないコクヨノートに青いボールペンで記され、梯子橋での調査の日時と甘さの記録が数頁に亙《わた》って書かれていた。有難いことに簡単な地図まで付いている。地図には赤い星印が何ヶ所か打たれ、そこにもSの字が蛇のようにうねっていた。

「それは格別に甘い水があった所です」

＊

梯子橋に於ける私の大家の名はアマガミといったが、誰もが彼を「車掌」と呼んでいた。誰もが、は大げさかもしれない。私が町で親しんだのは、煤《すす》けたうどん屋とタイル貼りの階段をのぼった二階のカフェーだけだ。うどん屋はマンホールの蓋《ふた》が鈍く光る昼も暗い路地にあり、煤けてはいても味はしっかりして適当に客もあった。他所者《よそもの》の私は最初こそ常連客の訝《いぶか》しげな目にさらされたが、私がうどん屋の親父に市場の裏手の一軒家を借りたことを明かすと、車掌の家に越してきた新参者として、たちまち噂が広まった。

訊けば、アマガミの車掌は一町きりしかない梯子橋町の主たる地主で、悪い人じゃないんだけど少しここがね、とうどん屋の親父はこめかみの辺りを指さした。

「ゆるくってさ」

鍵は不動産屋から渡されたので、いずれそのうち家主へ御挨拶をと思っていたが、そんな風評を聞いて少々怖じ気づいていた。ところが、車掌は突然向こうから姿を現した。うどん屋ではなく二階のカフェーで。

このいにしえの純喫茶は、昨今の喫茶店が軒並みカフェなどと名乗り始めたものとは一線を画す。かれこれ二十年近くもその名で通し、純喫茶転じて純カフェーとでも呼べばいいのか。フェーと伸ばすところに年季を感じるものの、クラシックな布張りのソファーに身を沈め、心置きなく「フェー」と息をつけば、単調な一日に句読点を打つ心地になる。文字通り二階にあるので「二階の」が付き、では一階が何なのかといえばこれが分からない。入口と思《おぼ》しきところへバッテン形に鉄の板が打たれ、SではなくXの一字が立ちふさがっている。訪問者に門前払いを食らわすようなバッテンである。中で何らかの作業が行われているようだが、他に看板らしきものも見当たらず、致し方なく私は勝手にバッテン屋と呼んだ。

この町にはこうしたバッテン屋が数多くある。何が商われているのか見当もつかないが、それで誰が困るわけでもない。元より他所者が徘徊する町ではない。二階のカフェーで「フェー」と息をつく男たちの何人かは、さしずめバッテンの商人といったところか。その証しとして誰も言葉を交わさない。顔にバッテンを貼り付けたように匿名のX氏を装い、氷の溶けた水っぽく生ぬるいコーヒーを機械的に口へ運んでいた。

そのX氏らの無言の集いを蹴散らすように、或る日、異様に目の光る男が店内に躍り込んできた。皆が一様にその男に向かって頭を下げると、男は誰にも目をくれず、せわしなく店内を見回した挙句、私に目を留めた。

「あんたか。越してきた人っていうのは」

私が答えぬうちに男は向かいの席に着いて額《ひたい》の汗を拭った。

「私はあんたの大家だ。お聞き及びかもしれんが」

頷いた私の頭の中に、うどん屋で聞いた「アマガミ」の響きと「ゆるくって」の一言が蛇のようにとぐろを巻いた。

「それであんたは何をする人ですか」

彼の問いに、一瞬、店中のバッテン顔がこちらへ向けられた。彼等にしてみれば、私こそ謎めいたX氏なのである。

「そうですね」――さて、私は何をする者だろう――「物書きと言えばいいんでしょうか」私はしばし考える振りをして、「とりあえず今は水をテーマにした物語に取り組んでいます」と曖昧に答えた。

「この町の水が甘いと聞きまして」

「水が？」

アマガミ氏が体をこちらに近付け、テーブルに置かれたコップを太い指で握った。

「この水か」

「その水です」

アマガミ氏は顎《あご》を上げて窓の外を眺め、それから私を横目で睨んだ。

窓の外では一旦やんだ雨がまた強く降り始めている。

そういえば、あの童話にも雨の降り続く場面があった。主人公の〈水読み〉は、雨と連動した水盤のただならぬ波紋の様子に「大いなる水の反乱」を予感する。が、それがはたして大洪水を誘う変動の兆しなのか、それともただ自分の身の内に生じた屈託なのか、ともすれば非常に重大と言える局面を読みかねて彼は戸惑う。

水を読むのだから、やはりその向こうには書き手が居る。予言の書き手とはつまり運命そのものを指すのかもしれない。が、運命を読んでいるつもりが、いつの間にか自分を読んでいるに過ぎないと彼は気付く。

或るとき、水の様子に悲しみを読み取ると、そんなことはない、きっとない、僕はそう読まない、君はそのうち笑う――水盤に向かって彼はそう呟く。君が本当に世界の様子を波紋で伝えるなら、君が笑えば世界も笑う。

彼はそうして運命を意識的に誤読しようと試み、予言者としては異色というより失格の烙印《らくいん》を捺《お》されかねなかった。

運命を誤読するとはどういうことか。

雨に降りこめられたほの暗い家の中で、そうした問いばかりが何度も繰り返された。筆は捗《はかど》らず、ようやく探し当てた甘い水の町は雨ばかり降っている。探索のしようもなく、ただ屋根を打つ雨を聴いて過ごすより他なかった。

＊

最初にそのひとを見かけたのは、雨が小やみになった午後のこと。見たのか見ないのか分からぬほんの束の間、路地の向こうの十字路の横棒に銀色の魚が通過した。いや、もちろんそれは錯覚で、実際は銀色の雨合羽《あまがっぱ》を纏《まと》ったそのひとが、銀色の自転車に跨《また》がって走り抜けたのだ。

この町は至るところに十字路がある。或る十字路の中心に立つと、そこから四方に見えるその先にもそれぞれに十字路が望める。十の字が十の字に繋がり、十、十、十と蜂の巣のように張り巡らされている。

そのひとは一体、何の目的でそんなことをしているのか、銀色はあちらに閃《ひらめ》いたかと思うと、途端に背後をかすめて右に左に現われては消えた。

何だろうか。

うどん屋で「銀色」の報告をすると、親父はそれが癖《くせ》なのだろう、意味ありげにこめかみに指を当てて「あれはね」と複雑な表情になった。

「あれは、ちょいとばかり頭のおかしな女だ。傘をさしてなかったろう？　傘が憎いんだよ」

傘が憎い？

「雨合羽屋の娘でさ。合羽屋の娘は決して傘なんてささないと、ああして身をもって宣伝してる。それに、ここだけの話——」

親父は声をひそめた。

「本当に憎いのは傘屋の方。つまりはあんたの大家のアマガミの旦那だ」

アマガミの生業《なりわい》は代々続く老舗の傘屋で、方々に支店を持つ浅草の大店だという。

「合羽屋の娘にはもう一人ふたつ違いの姉がいる。これが双子のようにそっくりで、その姉貴の方にアマガミの旦那が目をつけた。それでしばらく囲っていたのが、今あんたの住んでる家だ」

唐突な「あんたの住んでる家」に飲みかけた番茶がつかえたが、それでまだ話が終わったわけではない。

「何があったか知らんが、女がいつのまにか姿を消して、それからだよ、旦那の様子がおかしくなったのは。急に自分は車掌だと言い出して――」

十字路を走る銀色の姿がスローモーションになって脳裏をよぎり、妹だというその女の顔がゆっくりこちらに振り向こうとしていた。

口元が笑っている。目も鼻も合羽のフードに隠れて見えないが、口だけが覗き、不敵に歪みながら誘うように笑っていた。

＊

それからというもの、雨を聴くばかりだったあばら家が、うどん屋の親父の耳打ちひとつで生々しく匂い立った。匂いから身を逸らすためか、それともより詳細に過ぎた時間を立ち上がらせるためか、私は雨にもめげず、むしろ雨に導かれるようにして意味もなく十字路を往き来した。

どういうものか、見過ごしていた路地の細部がいちいち目の端に引っ掛かり、何度も立ち止まってなかなか前へ進めない。

が、そうして虫のように路地を探るうち、紫陽花《あじさい》の陰の中に真鍮《しんちゅう》の蛇口が埋もれているのを見つけた。そこはやはり何を商っているのか分からぬバッテン屋の端で、青紫の紫陽花を搔き分けると、おそらく〈水飲み〉がS印を打ったと思われる甘い水の蛇口が水滴をしたたらせていた。

さすがに味わってみようとは思わなかったが、したたるリズムに見とれていると、視界のどこかで銀色が横切ったように思え、顔を上げた視線の先で銀色の尻尾が十字路の向こうへ消え入るのが残像となった。

急いで十字路まで小走りに追いかけたところ、分身の術を見せられたようにあちらこちらの路地を銀色が横切る。右に左に前に後ろに走り抜け、目が追いつかなくて、十字路の真ん中に立ちすくんだ。

と、いつの間にか傍《かたわ》らに銀色は寄り添い、すでにフードを外したそのひとは、髪をほどきながらこちらを見ていた。

「あの」

それきり何を言ったものかと迷っていると、

「姉はまだ帰りませんか」

女はそう尋ねながら雨に濡れた手で合羽の内ポケットを探った。白い指先に見慣れたものをつまみ上げ、思わず私も自分のポケットを探ると、それがそこにあるのに安心し、彼女に倣《なら》って私も同じように差し出した。手垢に汚れた様子もそっくりな二つの鍵が、十字路の真ん中で剣を交えるように再会した。

「姉が残していきました」

それは——と問うこちらの言葉は鍵と共に宙に浮いて、突然何かに気付いた妹は、この続きはまた今度、と身を翻《ひるがえ》し、ペダルに足を掛けると、見えない網をかいくぐるように走り去った。その流れるような動きと入れ替わりに、背中から「おい」と張りのいい声が響く。

「何の相談だ」

傘屋の大将には不似合いな透明ビニールの安もの傘をさし、広い肩を濡らしたアマガミの旦那が顔をしかめて立っていた。

「いえ、何も」

旦那のぎらぎら光る目が疑り深そうに三角に絞られた。

＊

それは間違いなく物語の始まりでしょう、と話を聞いたＳＳさんが鈴を転がすような涼しげな声で笑った。

「運命でしょう。あなたが書くより先に物語は始まっていたんです。問題のＳの字があちらこちらに見つかります」

「Ｓの字が――」

「たとえば、シスターのＳ。それに銀色、シルバーのＳ。そして蛇。スネークのＳです。これには充分気をつけなくてはならないでしょう」

またしても予言者の口調である。

「より良い物語を探して下さい」

彼女はこちらを油断させるような笑みを浮かべ、どこか不敵な感じをたたえながら「スマイルのS」と付け加えるのを忘れなかった。

*

しかし、運命と思えたものはやはり誤読に過ぎなかったのか、それからあの銀色を見かけることはなく、十字路から十字路へ渡り歩いては穴の空いた靴底に雨水ばかりを溜めていた。

続きはまた今度——妹はそう言っていた。少しかすれたその声を思い出し、十字路の端にしゃがんで靴の中の水を捨てていると、

「おい」

と別の声が背後から呼んだ。振り向きながら見上げれば、アマガミの旦那がこの間の続きとばかりにビニール傘を開いて立っている。

「あんたにひとつ話しておきたいことがある」

こちらの返事を待たず、旦那は俺に付いて来い、と水溜まりを蹴って歩いた。

「この傘のいいところはさ」

「はい?」と旦那の後に従いながら応える。

「いや、この傘のいいところはさ、こうして下から雨を見上げられるってことだ。あの女が言ってた。姉貴の方だ。そんなこと俺は思ってもみなかったから驚いた。全くその通りで、雨を下から見上げてみろ。あいつが言うには、水の底から空を見上げる思いがするそうだ」

私の傘は野暮な黒傘なのでそんな情緒は確かめようもない。

「いや、あんたはそんなこと知らなくていい」

旦那はあわてたようにかぶりを振った。

「俺があんたに言っておきたいのはそこだ。あの女には近づくな。それは俺が引き受ける。だから、あの妹に近づくな」

元より私が近づいたのではなく彼女の方が近づいてきたのだが――。

「ここらの水が甘いとあんたは言った。あの女もそう言ってた」

幾つ十字路をやり過ごしたか数えるのも面倒になり、右へ左へ曲がるうちに路地が細くなってきた。やがて突き当たったのは古びた工場を思わせるカマボコ形の建物で、朽ちて破れた鉄条網を押しのけ、雑草に覆われた裏門と思われる入口を抜けると、纏わり付くような水滴を払いながら旦那が赤錆の浮いた鉄扉を開いた。「どうぞ」と言い残して建物の中へ消えてゆく。言われるまま後について中を窺うと、夜明けを思わせる青い光の中に緑色の大きな影がぼんやり見えた。思いのほか広い空間に冷えた空気が留まっている。

見上げた天井はアーチ状に鉄骨が組まれ、そこへ半透明の青いプラスチック板が一面に貼られていた。透過する光が旦那と私を青く染める。

「都電だよ」

不意に車掌が呟くと、言葉と目の前の緑色の物体が青いフィルターごしに結び付いた。形からして今の都電ではなく、かすかに記憶に残る昔の都電である。そう言われて思い浮かべた黄色の車体が青い光によって緑色に化けていた。薄闇に目が馴染み、回り込むように都電を眺め、ひととおり観察したところで、さて、一輌きりとはいえ何故こんなところにと旦那に訊ねた。

「昔ここは下請けの修理工場だった」

往時を伝える道具や機械の残骸が青い影の中に点在している。

「ここを教えてくれたのもあの女だ。あいつはこの町を隅々まで知ってた。どうしてそんなことを知っているのかと訊くと、あなたは頭の上の傘に惑わされて何も気付かないのよ、と言いやがった」

旦那は都電のステップに足を掛け、重たげな体を揺らして乗り込むと、私を手招きしながら埃《ほこり》まみれの座席に腰を下ろした。

「この町の十字路は伊達《だて》じゃない。いつでも雨が降っているのも理由がある。彼女が言うには、町の底に潜り込めば全て分かるとか」

「町の底に――」

埃を払って適当な席に腰を下ろすと、椅子はそのまま町の底に向かって沈み込みそうで、いかにも頼りなかった。同時に冷たさが尻に伝染する。

「この町の底に透明な甘い水のたまりがあるとあいつは俺の目を見て言った。ちょうどあなたの目のように透明だと。まるで見てきたようなことを言うじゃないかと笑ったら、そう、本当に見てきたのよと言う。俺の目を見ながら」

十字路に立った妹の目を思い出した。

「その水のたまりに身を横たえて、町を下から見上げると無数の十字路がゆうらり網の目に見える。そいつをくぐりぬけた雨水は得も言われぬ甘露になる。いや、馬鹿げた話だってことは俺も承知の上だ。が、あまりに彼女が寝物語にそいつを繰り返すんで、俺も或る日、とうとう見ちまった。頭の中に。ちょうどこの天井みたいで、おお奇麗だ、と声をあげたら、ねぇ、そうでしょう、奇麗でしょう、奇麗すぎて怖くなるくらいでしょう、そう言って震えながらしがみついてきた。ここから私を連れ出してちょうだいと」

そこで旦那は都電の窓から頭を突き出し、天井を仰いで、ああこれだ、と星を眺めるように息をついた。

「私を連れ出してよ、この都電で――」

旦那は頭を振って声を落とした。

「それではっきりした。彼女はおかしい。普通じゃない。その日からあいつは俺を車掌と呼んだ。いつか車掌がこの都電を運転して自分をこの町から連れ出してくれる——そう信じてた。俺も満更じゃなかった。なのに、あいつは何も言わずに姿を消したんだ。俺は警察に呼び出されて、町の連中には殺人容疑じゃないかと噂された。冗談じゃない。誰よりあいつを探してるのは俺だ。俺が車掌を名乗るのはそういうわけだし、こうしてときどき俺はここへ来てあいつを待つ。だからもし——」

旦那がこちらを見た。

「もし、彼女があの家に帰ってきたら——」

屋根を打つ雨音が、いっそう激しくなった。

「すぐに教えてくれないか」

＊

近づくな、の言葉を守り、それからしばらくのあいだ十字路に佇《たたず》むことはなかったが、その代わりに二階のカフェーの窓辺の席で甘い水を味わっていた。

町の底から汲み上げた水なのか、言われてみればカフェーのコーヒーは砂糖を落とさなくても甘味が舌に残る。キリンレモンのコップに注がれた水もどこか他と違う。というより、まるで味が無かった。味が無いから舌が甘くなるのだと〈水飲み〉が言っていた。

いずれにせよ、飲むと読むではやはりひと文字以上の違いがある。読むために町に住みついたのに、もはや読み進めるあてはなく、町はバッテンだらけですぐに行き止まってしまう。

さて、どうしたものか、SSさん。この先、どんなSを求め、何を誤読しながら物語を探ればいいのか。

思いに耽《ふけ》りながらカフェーの帰りに路地を抜け、最初の十字路に差し掛かろうとしたところで、一筋向こうの十字路に銀色がかすめた。

いや、錯覚だ。錯覚ならもう何度も経験している。

立ち止まって四方を確かめたが、夕闇に紛れて確かめられなかった。

いつの間にか雨が上がっている。あれほど続いた雨が視界から消えると、水と一緒に音も消えて、町は白紙に戻されたような静寂に包まれている。耳を澄ますまでもなくマンホールの下から水の流れが聞こえた。

それが笑っているのか悲しんでいるのか、やはり私には読み取れない。

水音と共に路地を進んで家に帰り着くと、上がった雨に家もひと息ついて、そんなふうに町のすべてが息を吐くからか、蒸発して立ちのぼった水気が町の輪郭をぼやかしていた。

私も息をついて玄関に立つ。

ポケットから鍵を取り出し、いつものように開けようとしたところで、差し込んだ鍵があざ笑うように空回りした。

あいているよ、とばかりに。

鍵は締めて出掛けたはずだ。不審に思い、なるべく音をたてずに静かに靴を脱いで上がり框《かまち》に足を掛けた。見慣れぬスニーカーが転がっている。目を凝らすと、入ってすぐの畳の上に白いかたまりが蹲《うずくま》っていた。

そういえば鍵はもうひとつあった。

すきま風のように聞こえる息の音は眼下の白いものから聞こえてくるのか、それとも自分のものなのか聞き分けられない。あるいは、二つの息が薄暗い部屋の中で一つになっているのか――。

蹲るものから雨が匂った。

シスターのSか。

頭上の電灯を手探りでつけると、はたして白いかたまりは鈍い銀色を反射した。辺りに点々と水が散り、その一粒一粒に電灯の光が宿っている。

シルバーのSか。

疲れて横たわったシスターの姿は、両足を抱えるようにして正確にSの字を描いていた。それはしかし、SSさんの忠告通り、充分気をつけねばならないスネークのSに見える。

緑色の都電に乗り込み、呆けたように天井を見上げる車掌の姿が頭に浮かんだ。

「あの」

声を掛けたが返事はない。静かな寝息が部屋に充ち、おそらく彼女はいま眠りの中の甘い水の底に居るのだろう。

ならば、安らかなスマイルのSか。

「あなたは妹さんの方でしょうか。それとも――」

あるいはその美しくしなうSの字は、ようやく始まろうとしている物語――ストーリーのSかもしれなかった。

水晶萬年筆

行く手を大きな壁に遮られるようにしてその町はあった。

壁の前に立つオビタダは夥しいのオビタダで、彼は本名だと言い張るが誰も信じない。描いた絵の隅に小さく「夥」と書き入れると、何ですかそれはと尋ねられた。

「名前です」とオビタダは控え目に返答する。

「めずらしい名前ですね」

めずらしいものがオビタダは好きで嫌いだった。町を歩いてめずらしいものに出くわすと、そいつを絵に描いてみたいと衝動が走る。が、描いているうちにそれが単なるめずらしい絵になってしまったと気付く。それでは、と今度はめずらしくないものを描いてみる。しかしそれはそれでまた面白くない。

絵なんて好きなものを好きなように描けばいいと常々思ってきたのに、彼はこのごろ好きなものがどうにも分からなくなった。彼は行き詰まっていて、町になぞっていえば行き止まっていた。越えられぬ高い壁に突き当たっていた。

だから、たまたまその町を歩き、夕方の果てに視界を遮る壁が現れたとき、彼は驚いたというよりつい笑ってしまった。

——いっそのこと、壁を見ながら暮らしてみようか。

そう思いついたのは、建物や電信柱の影が壁に妙な絵模様を描くのに興を覚えたからで、それはそれ自体、陽の傾きによって刻一刻と移り変わる一枚の絵だった。

思えば、絵を描くというのはすでにそこにある絵を写し取ることで、であるなら、西陽が描き続ける壁画を自分はどのくらい自分のものに出来るだろう。

ひとつ試してみよう、とオビタダは自分に課した。

＊

住むところは幾らでもあった。町はアパートの森とでも呼ぶべき街区で、ただし随分と昔に建てられたことを示す老朽が其処彼処《そこかしこ》に見られた。壁面はひび割れ、壁を伝う植物が幾種類も絡み合っていた。割れた窓には傷口に当てられた絆創膏を思わせるガムテープが貼ってある。そこにも影が重なっていた。この世はどこへ行こうが影が付きまとう。影には、柔らかさ、鋭さ、甘味、渋味、優しさ、怖さ、その他あらゆるものが孕《はら》まれ、西陽の変転で甘さに支配されたり、かと思うと沈み込むような憂愁に統一される。そういう意味でもそこは森に違いなかった。

何故かしらアパートの多くが僅《わず》かな傾斜を伴って建てられ、それも大小様々な箱をでたらめに積み上げたようなかたちを成していた。一階より二階の天井が高く、三階までのぼると今度は二階の半分の高さしかない奇妙なアパート。入口が幾つもあり、中に入れば細い廊下が続いてなかなか部屋に辿り着けない迷宮アパート。あるいは、入口が見当たらないのに確かに人の住む気配が窓にぼかされている謎のアパート。

オビタダが選んだのは廊下ばかりの迷宮アパートだった。廊下というよりむしろ街に巡らされた路地がそのままアパートの廊下に続いている印象がある。無造作に自転車が投げ出され、靴のまま歩く廊下なので、雨の日には水を吸った靴の跡が重なって水浸しになった。晴れの日は晴れの日で廊下はことごとく影にひたされる。それだけに、僅かに出来る小さな日だまりの暖かさがめずらしい宝石のようだった。

——めずらしいものは好きで嫌いだ。

行き来する思いが膨らんで、その重さに肩が凝るとオビタダは銭湯に通って染み付いた影を流した。

が、銭湯にもまた西に面した窓がある。午後四時半の一番湯を浴びると、湯船にオレンジ色の夕陽があふれ、洗い場に腰をおろせば流したはずの影が戻ってきた。タイルの上や鏡の中に自分によく似た人のかたちが浮かんでくる。

そうして必ず四時半に現れるオビタダの顔を番台の主人はじきに覚えた。

「毎度、お疲れさま」

声を掛けてもらううちに、オビタダは主人の温和な丸顔に親しみを感じて打ち解けた。

「そうか、あんたは絵描きさんなんだ」

　素性を明かすと、番台を通過するたび「絵の方はどうだい。筆は進んでるかい」と主人が訊いた。オビタダは適当に生返事をして、あるとき、ここいらに安くていい酒場はありませんかと尋ね返すと、番台の主人は、そうなぁ、と腕を組み、

「あすこの服屋のさ、ちょいと向こうへ行った十字路の角におでん屋がある。この辺りじゃ、あすこが一等だ」

　服屋というのは「横断服屋」のことに違いなく、看板が出ていないのでオビタダが勝手にそう名付けた。通りを挟んで向かい合わせに二つの服屋がある。二軒は頭上にはためく服のアーチによって結ばれ、つまり、通りの上に大きな物干し竿が渡してある。そこへシャツやらジャンパーやらが無数にぶらさがっている。シャツの裾《すそ》がちょうどオビタダの鼻先に当たるくらいだから、物干し竿の位置は頭上数十センチにある。通りが車輌通行止めであるのと、向かい合わせになったふたつの店舗をどう利用するかと考えた挙句、奇抜な服屋の主人に閃《ひらめ》いたのが空中の売場だった。

　銭湯の主人によれば、最初はごく簡単に一本の竿を渡し、せいぜい十着余りを風

になびかせていただけだった。それが今や竿は三本にまでなり、服は色とりどりの鈴なりとなっている。

客は無論のこと見上げながら物色する。これと決めると頭を丸めた強面《こわもて》の主人に「あそこのあの青いシャツ」と指示する。と、店主は「あいよ」とどこからか細長い鉄棒を取り出してきて、服のさがったハンガーに宛てがいながらひょいとハンガーごと持ち上げる。ハンガーは見事に鉄棒を滑り、ばさりと重たげな疲れ切ったような音をたてて客の手の中に落ちる。天から服が舞いおりてきたかのように。

オビタダはしばらく迷い、挨拶代わりに焦げ茶色のチョッキを買った。それからはただ首をすくめてくぐり抜けるだけだが、くぐり抜けるときは必ず折り重なった服の影を頭から浴びた。

——陽は「さんさん」と言うけれど、影は何と言うのだろう。

降り注ぐ影を浴び、路上高くに並ぶ服を見上げながら、オビタダは見つかるはずもない言葉を探した。

＊

一等旨いおでん屋の名は〈つみれ〉といって、柔らかい筆の流れでその三文字が紺色の暖簾《のれん》に染め抜いてあった。オビタダが寄るのは決まって銭湯の帰りで、まずは「横断服屋」のシャツの裾を鼻で割り、それから同じように紺の暖簾をくぐって、コの字カウンターの隅に腰をおろした。

「なんにしましょう」

カウンターの中に、おかみさんと呼ぶにはまだ若い女性が一人いて、客は皆彼女を、つみれさん、と呼んでいる。

「がんもどき」

本当は、つみれも注文したいのだが、つみれさんと呼ばれる女性に、つみれをください、と頼むのがオビタダは気が引けた。恥ずかしくて、こそばゆくて、足の裏がむず痒《がゆ》くなってくる。

——あのな、おでんってものは濁点が付くほど旨くなるんだ。

それはオビタダの祖父の口癖《くちぐせ》で、おでんといえば、がんもどきが一番の好物だった。これに次いで、じゃがいも、ごぼう巻き、ちくわぶ、バクダンと並ぶ。確かにどれも濁点付きで、祖父はつみれやハンペンを頼んだためしがなかった。

——ハンペンなんて、あれは見るからに濁点のない食いもんだ。

皿に載せられても、横を向いて皿ごと遠ざけた。

オビタダの祖父は、その昔、水晶萬年筆と呼ばれるガラスペンを製造販売していて、オビタダが物心ついたときには引退していたが、孫が思いがけず美術学校の生徒になったとき、自分の作ったペンを引き出しの奥から出してくると、こいつを、とオビタダに差し出した。

——俺も若いときは絵描きになりたかった。だが、どうにも上手く描けずに挫折して筆の方を作ることになった。

筆といっても筆先はガラス製で、指で触れると痛いほど尖っている。

——脆《もろ》いもんで、机から転げ落ちたら一巻の終わりだ。大事に使え。

オビタダはそのペンを使ったことがなかった。祖父が亡くなってからはなおさら使う気になれず、和紙で包んで大切にしまってある。といって、祖父のことも水晶萬年筆のこともそれまでオビタダは思い出す機会がなかった。

それが、つみれさんの「なんにしましょう」を聞くたび、濁点でにごった祖父のしわがれ声が頭の中に響いた。

「がんもどきにじゃがいも」

おでん屋ではなかったが、祖父は酒を飲んでいるときに倒れて、それきりだった。もう、ひとむかし前の話になる。

オビタダが学校から戻ると玄関に母が居て、これから病院に行くところだと青ざめた顔で言った。

——悪いけど、お前、コートを取ってきてくれない？

教えられた店に行くと客の姿はなく、柱時計の音が響く店の壁に祖父の見慣れたコートがさがっていた。

——まだ、そんなに飲んじゃいなかった。

店の大将が銚子をつまみあげ、軽く揺さぶるのに合わせて自分の首も振った。

——中身をそっくり抜かれたみたいだった。

受け取ったコートは思いのほか軽く、そっくり抜かれた中身はどこへ行ってしまったのか。オビタダは祖父の抜け殻を抱えて家路を急いだ。ハンペンのように濁点のない軽いコートだった。

——じゃあ、濁点とは何だろう。

少し酔って、がんもどきを食べながらオビタダは神妙な顔で濁点について考えた。文字の右肩にダッシュのように付いているあれか。あれは何だ。やはりダッシュか。では、ダッシュとは何だ。複製のしるしか。それとも影のようなものか。

たとえば日はヒだが、ヒにヒが重なると日々＝ヒビとなって濁音が現れる。こうしてヒトはヒトビトに、ホシはホシボシに濁ってゆく。

「あの、もしよかったら、つみれを召し上がってみません？」

不意につみれさんが自分に話し掛け、しかも、考えようによってはかなり艶めかしいことを訊かれた気がして、オビタダはハンペンのようにフニャフニャと返事がだらしなくなった。

——馬鹿者が。

祖父の濁音がどこからか聞こえ、それはもちろん気のせいだったろうが、オビタダは少々考えてから手元の皿に盛られたつみれに辛子をたっぷり塗った。

それが彼なりの濁点の代わりだった。

＊

もしかすると、そのときの辛子が効き過ぎたのかもしれない。が、そのひと口ふた口でオビタダはつみれに魅かれてしまった。

つみれ、にである。

いや、そうではない。つみれにダッシュが付いて、つみれさん、か。

いや、そうではない。あくまで、つみれである。

もう何度目になるのか、オビタダは抱えきれぬほど大きな「あれ」と「これ」に挟まれていた。アパートの影の中で、分からない、と呟いていた。あれも分からないしこれも分からない。そうして何もかも分からないときは町を歩き回るしかない。が、迷路にも似た路地を歩くと、やがて夕方が来てオビタダは大きな壁に突き当たった。壁に落ちた家や電信柱や銭湯の煙突の影を目にし、初めてこの壁に突き当たったときを思い返す。

「あれ」とか「これ」とか言っているが、それはどちらも自分なのだ。自分はいい歳をしてこんな昼日中に町をほっつき歩いている。世間では働き盛りと呼ばれる年齢なのに。一体何をやっているのか。絵を描くことにどんな意味がある。何を探している。自分は要するに暇を持て余しているだけではないか。働けばいいのに。絵を描くことをどこかで神聖化している。

彼は携帯用のスケッチブックを取り出して丹念に影の絵を描いた。もう何枚描いたのか。最初は影を好む自分が不可解だった。が、描くうちに影の魅力とはそれがそこにある本物の証拠であるからだと気付いた。人が人々になり、星が星々になるように、濁りや影が生まれて初めて確かなものが現れる。

かつては町の至るところに影があった。が、影は知らぬ間に消えてゆく。その事実を憂う一方で、オビタダは影や濁音のないつるりとしたものにも関わっていた。ふと、つみれに気を許してしまったように。「あれ」と「これ」に挟まれる。

影は常に彼の心に引っ掛かってくる。たとえば、すれ違った男の煙草のけむりが路上にゆらめくのに目を留めて思う。この世に幻影などない。多くの人が幻影の元になっているものに気付かないだけだ。

当然、恋もまた影を曳き、夢や幻の如きものを次々と見せる。いや、恋こそ殆どが幻影で出来ていて、その証拠にいつも素通りする「横断服屋」の影の下で、オビタダはしばらく立ち止まって空中のシャツを見上げていた。

「どれだい？」

鉄の棒を手にした店主が横に並んで見上げている。

「あの白い――」

「ああ、あのシャツか」

店主は棒高跳びでもする勢いで鉄棒を構え、元より細い目を更に細めて指定のシャツに狙いを定めた。

「これだな」

音もなくシャツが棒を伝わり、そのままオビタダの顔へ日なたの匂いと共に覆いかぶさった。

「いいいシャツだよ、こいつは」

鉄棒の店主はオビタダの差し出した千円札を数え、いいいシャツだよ、と必要以上に「いいい」を強調してみせた。うむ、本当にいいいシャツだとオビタダも胸を躍らせたが、アパートに帰るなり着替え、姿見がないので風にガタつく窓ガラスへ映してみたところ、あまりにサイズが大きくて全く似合わなかった。何となくぶよっとしたハンペンのようなシャツである。

「つ」とそこで舌打ちするのは恋の濁点を打つようなものか。すでに纏《まと》ってしまった恋の美しさに見合うシャツなどあるはずもない。

が、甘んじる早さも恋の力か。オビタダはだぶついたシャツを纏い、いつもの路地をだぶついた影と共に歩いた。いつものように壁に行き当たり、いつものようにスケッチをして、いつものように午後四時半の銭湯の湯船に身を沈めた。

あらためて風呂上がりに銭湯の大きな鏡でシャツを見なおす。が、やはりそのあまりの似合わなさに肩を落としてうなだれ、とうとうその夜は〈つみれ〉に足を向けることなく、ひたすら自分を罵った。

恋というものは斯様《かよう》に厄介で複雑な影を落とす。

*

光沢のあるつるりとした紙に刷られた雑誌に、オビタダは毎月何十点かのイラストを描いて生活の糧《かて》を得ていた。彼はそのイラストに「夥」とサインを入れない。たとえ描いたものがつるりとした雑誌にふさわしかったとしても、どこか自分らしくないつるりとした絵でしかなかったからだ。

もとめられるまま、月や星や猫の絵を描いた。月も星も猫も嫌いではない。が、言葉の響きを確かめれば、そこにはひとつとして濁音がない。そもそも濁音など誰も求めておらず、濁り、歪み、かすれといったものは省略されて当たり前なのだ。

その反動だろうか、影が交差する町を横切り、壁に向かって影をひとつひとつスケッチしていると、それで彼はつるりとしたものから、ひととき離れられた。まるで省略したものを取り返すかのように。

壁には当然の如くオビタダ自身の影も映っている。

ある昼下がりにそうして自分の影に見入っていると、突然、影が二つに分かれ、その片方の影が驚きの声をあげ、もうひとつの影からは「あら」と女の声がした。

「あら」はオビタダの背後からも聞こえて、あわてて振り返るとそこにつみれさんが立っている。オビタダのスケッチブックを興味深げに覗いていた。

オビタダは急いでハンペン・シャツを隠すべく上着の襟《えり》をかき合わせた。

「絵を描く人だったんですね」

つみれさんの声が背中からと壁に反射して影の方からと二つ聞こえた。

「ええと、まぁ、そんなところです」

「影を描いているんですね」

つみれさんは、おでん屋のカウンターに居るときと様子が違い、薄化粧でジーンズを履いて淡いグレイのセーターを着ていた。その色がオビタダにはつみれの色に見える。つみれ色のセーターだ。

「わたしの父も絵を描いていました」

陽の光にさらされたつみれさんの声は意外にも濁点の感じられるハスキー・ボイスで、そういえば彼女の作るつみれは一見つるりとしているけれど、中身は舌にざらりとしていたとオビタダは思い出した。

「どんな絵ですか」

壁の中で二つの影が向かい合い、僅かに背の高いオビタダの影が上着の襟をたぐり寄せた。

「何でも描きました」

「今はもう描いていないんですか」

「あっちで描いてますよ、きっと」

影が一つ上を向き、少し遅れてもう一つの影も空を見た。

「水の中は自由だから——と言ってました。とにかく自由じゃないと駄目なんです。自由気儘に描いていれば、その自由が絵を見る人にも伝染するはずだと」

「魚ですか」

「魚の絵が好きで」

つみれさんは、自由、と言うたび、少し困ったような顔になった。

「自由を求めるあまり、ずっと不自由だった人です」

壁の方に向きなおって溜息まじりに付け足した。言葉は壁に反射し、まるで影がそう言ったように聞こえ、オビタダは影に言い当てられた気がして肩をすくめた。

「なるほど——」

次の言葉が続かない。陽が傾いて影の背丈がじわじわ伸びてゆく。

「お父さんの絵を見せていただけませんか」

ようやくオビタダは影に向かってそう言った。

「絵は一枚も残していません」

つみれさんも影に向かって答える。

「あ、でも一枚だけ。というか、半分だけですが」

「半分だけ？」

「ええ。半分だけならお見せ出来ます」

どういうことだろう。

「父は自分が嫌いでした。お酒を飲むとすぐそれで、俺は俺が嫌いだ、俺の描いた絵も嫌いだ、だから、絵は焼いてくれ。俺が死んだら絵も一緒に連れてゆく。そう言って——」

「でも、一枚だけ残したんですね」

「ええ、残したというか、残っちゃったんですけど」

影がオビタダに近づき、何やら秘密めいた囁《ささや》きのような声に変わった。

「一緒に見ましょうか、今夜」

「一緒に——」

「わたしも最近見ていないので」

「今夜というと」

「お店が終わったあとに十字路で待っていてくだされば」

つみれさんはそこで背を向けた。

「約束しましたよ」

そう言って足早に立ち去ると、壁の表で二つになっていた影が一つに戻った。

「半分……一緒に……今夜……」

途切れ途切れにオビタダの影は呟いた。

＊

閉店の頃合いを見はからってオビタダが十字路におもむくと、おでん屋はすでに暖簾をしまい、灯も半分消えて街路の暗さに溶け込んでいた。

しばらくそうしてオビタダは十字路の端に立っていたが、やがて店の灯がすっかり消えると、シルエットがひとつ浮かんで彼の方に小走りに近づいてきた。

「お待たせしちゃって」

街灯の下に立ったつみれさんは、夕方に会ったときと同じつみれ色のセーターを着ていた。胸元に白い手提げを抱えている。

「行きましょう」

オビタダの肩に軽く手を触れ、行くべき方向にそれとなく促した。

「どこへ行くんです？」

「すぐそこですよ」

暗い道だった。

「こっちが近道なんです」

つみれさんは暗さに迷うこともなく、通い慣れたように歩を速めた。

やがて辿り着いたのは、オビタダがすでに夕方に来たお馴染の所である。

「ここです」

銭湯の前に立ち止まると、つみれさんは手提げの中から手拭《てぬぐ》いと石鹸を取り出した。

「ここにあるんです、父の絵。魚の絵です」

それからどことなく嬉しそうに「じゃあ」と言い残し、暖簾をくぐって女湯に消えていった。残されたオビタダはぼんやりと「魚の絵」と呟いてから、ようやく何事か思いついたように眉を開いた。番台の主人が「あれ、また来たの」と言うのに、しっ、と人差し指を立てる。

夜ふかしの町ではないから客はもういない。急いで服を脱ぎ、オビタダは湯気にまみれた洗い場に入った。湯船の向こうの壁を正面から眺め、ああ、これか、と小さく頷いた。今まで何を見てきたのか。色とりどりの魚の絵がそこにある。自分はいつもこの絵に背を向けていた。そういえば、いつも自分は自分の影ばかり気にしていた。

湯に浸かったオビタダは特等席でまじまじと見た。

熱帯を泳ぐ魚だろうか。すでに色褪《いろあ》せているが、かつては眩しいくらいに極彩色を誇っていたのが偲《しの》ばれる。魚群は画面の右から左へ、左から右へ自在に泳いでいた。つみれさんの言うとおり、見えるのは半分だけで、仕切りの向こうの女湯に続くもう半分は当然ながら見ることが出来ない。

魚たちの行く手に何があるのか、それとも何もないのか。眺めるうち、その絵に影が一つとしてないことに気が付いた。それでいて、ただつるりとしてるわけでもない。

はたして自分はこんな絵を描けるだろうか。

オビタダはのぼせるくらい長いこと湯船に浸かっていた。

＊

寒さが厳しくなってきたのはその二日後だった。オビタダは「横断服屋」の影の中に立ち、空中のコートを物色するべく見上げていた。

「あの――あそこの黒いコートを」

「あいよ」

コートはシャツのときの倍の速さで滑りおり、ドサリと音をたててオビタダの肩にのしかかった。

抱えてアパートまで歩き、不思議なくらい軽かった祖父のコートを思い出した。あのとき、抜け殻のようになってしまったものに、いま、得体の知れない重さが詰め込まれている。

なにしろシャツのときの失敗があったので、どうしたものかと迷ったが、意を決して〈つみれ〉の暖簾をくぐった。

「お似合いですね、そのコート」

店に入るなり、つみれさんに褒められた。それはそれで無性に恥ずかしく、オビタダはせわしなくコートを脱いで壁のフックに掛けた。席に着くと背後にさがったそれが気になって仕方がない。あたかもそこに祖父が居るようで、落ち着かぬままオビタダは一昨日の銭湯の話を始めた。

「いい絵でした」

「もうあんなにぼろぼろで。そろそろ描きかえないと——お風呂屋のおじさんが言ってました」

つみれさんは目を伏せて何かを拵えていた。

「あの――」

絵を思い出してオビタダはふと、

「もう半分はどうなってるんです？」

そう訊くと、

「それ、わたしも訊こうと思ってました。もう半分はどうなってるんです？」

同じことを言い合った。

「それとも、知らない方がいいのかな」

二人は黙ったまま、おでんの煮える音ばかりを聞いていた。

ティファニーまで

坂の上にティファニーがある。

といっても、ニューヨーク五番街のあの有名店ではなく、富士見通り二丁目十六番地の洋食堂ティファニーである。時は正午過ぎ。さて、そろそろティファニーへでもと腰を浮かすと、ちょっと待ってください、と助手のサクラバシ君は決まって渋い顔をする。が、私はちょっとでも待つのが嫌なので、さっさと黒いうわっぱりを羽織って、一等いい靴を下駄箱から出して急いで履く。ここが肝心。ニューヨークへ行くのならドタ靴で結構。どんなものを履いて行こうが見るもの聞くものがことごとく目新しいのだから。しかし毎日通う歩いて十分のティファニーへはとっておきの靴で足の御機嫌をうかがう必要がある。機嫌をそこなえば足だってつむじを曲げる。

「その、足のつむじっていうのは一体どの辺りにあるんです？」

サクラバシ君はいささか無神経な青年であるから、私の詩心なんぞにはお構いなしに現実的質問を投げかけてくる。でなければすぐに、ちょっと待ってください、だ。そうはいかない。そんなにちょくちょく待っていたらどんどん時間が過ぎ去る。時間が過ぎ去れば私は歳をとる。もう沢山だ。私は何だかよく分からないうちにずいぶん歳をとった。これ以上寛大になれない。生まれてこのかた六十余年、時間に対して、どうぞお先に、とあまりに譲り過ぎた。もう譲れない。といって、追いかけられるのも御免蒙《こうむ》りたい。

では、どうすればよいか。コツはひとつ。とにかくひたすら時間に乗ってゆく。いや、時間といっても時計の針がチクタクと進めるあんなみみっちいものではない。私の言うのはたとえば風に近いものだ。

「風？　って何のことですか」

サクラバシ君は例によってしゃがみ込んでもぞもぞしている。靴の紐ひとつ結ぶにも手こずるタイプなのだ。

私は身をもって風に乗るところを見せてしんぜようと身構える。幸い本日は風に乗るには最適な晴天日和。我が研究室は最上階の四階にあるが、この際、エレベーターなどという無粋なものはうっちゃって、非常口から外の踊り場へと文字通りおどり出る。非常口というその名がいい。日常を脱するための最良の出口である。非常口を出て踊り場から見おろせば足元に螺旋《らせん》階段が渦巻いている。

こういうことは言葉で理解するより体で覚えるのが何より。人を知りたければ人と交わり、町を知りたければ町を散策し、風を知りたければ風に吹かれよ――いずれも何かの本で読みかじった誰かの言葉だが、私に言わせれば、本当に風を知りたければ自ら風を起こすくらいでないと何ひとつ始まらない。

見よ、とばかりにうわっぱりの裾をなびかせ、私は非常用螺旋階段を一気に駆けおりる。螺旋階段などというものは、そうしてひと息に奈落まで落ちてゆくところに醍醐味《だいごみ》がある。そうして初めて歩行の為の渦巻きが出現する。多少、頭がふらついたとしても、ゼンマイのねじが巻かれるように足腰が整えられる。およそ二十秒間。息もつかずに素早く駆けおりる。

「ちょ……っと待ってください」

サクラバシ君は訳も分からず、私のスマートな身のこなしを見ようともせず、じつにドタバタと不粋に駆けおりてくる。

「こんなの、目が回っちゃいますよ」

彼は何事にせよ文句をつけたがる男だから、ちょいと螺旋階段を駆けおりたぐらいで著しく文句が渦巻く。

「いや、結構結構」

「何が、結構なんですか」

「君は目が回っているのだ。いいか、その中心にあるのが足のつむじだ」

事実、螺旋の気流に背中を押され、私の足は喜び勇んで坂を上り始めていた。

我が研究室は坂の隣に聳《そび》えるその名も坂元ビル。この町で四階建てといえば「そびえる」の部類に属する。件のティファニーは坂の上にあり、それはちょうど四階の高さに位置している。

「おりた分だけ上るわけですね」

サクラバシ君はつけられるものなら坂にだって文句をつけたい輩である。正確に言うなら、坂とビルと「ビルの最上階の研究室に身を置くことになった自らの運命」に文句をつけている。が、ひとたび何かに到達しようと決めたなら、おりたり上ったりを繰り返すのは避けられない。町など所詮は人がつくったもの。当然さまざまな不条理に充ち、だからこそ、さまざまな驚異にも充ちている。ついでにさまざまな魅惑の扉を隠し持っている。そうした事象を研究するのが私の仕事。誰に頼まれたわけでもないが、もう金輪際《こんりんざい》、頼まれたことには一切応えぬ。そう決めた。もう私はもう充分あちらこちらから頼まれ、山のような時間を彼等に譲り渡した。もう充分。もういい。あれだけ譲ったのだから、今度はせいぜい譲り返して欲しい。

譲り返す——などという言葉はないか。

いや、ないならないで結構。ないのなら今この場で作る。これも私の第二の人生の研究テーマの一つ。ない言葉を作る。それで私だけの辞書を作り、常時更新しながらひそかに愛用する。

たとえば「低鳴る」なんてどうだろう。胸が高鳴るなら低鳴ることだってあるだろう。私は心臓がよろしくないので、あまり高鳴ってもらっては負担が掛かって困る。従って、麻痺したり梗塞《こうそく》を起こしたりしない程度のちょうどよい塩梅《あんばい》でドキドキして欲しい。それが「低鳴る」だ。小さく「ドキ」くらいのニュアンスである。ちなみに、ドキドキすることは「ドキつく」と称す。ムカつくよりよほどいい。時おり、公共放送の気象予報士が「パラつく」などと口にしていると何となく釈然としない。公共放送がパラつくなどと連呼するなら、ドキつくがあってもいい。

この「つく」というのが私の新語研究に欠かせぬ二文字である。我が研究によれば、そもそも「パラパラ」「ムカムカ」「イライラ」などの二連語——これも私の新語である——の下半身が「つく」に差し替えられて「パラつく」「ムカつく」「イラつく」となる。「カサつく」「チラつく」「ザラつく」「フラつく」「ウロつく」等々、何でもこの法則に当てはまる。ところが、適用されていないものも多々ある。「ジメつく」「ギスつく」「ズキつく」「ボロつく」「バリつく」「ポカつく」等々。「ドキつく」もそのひとつだ。

そこで私の辞書に於いては二連語は全て皆平等に「つく」を適用することに決めた。「カラつく」「ガクつく」「プリつく」何でもよろしい。どんどん適用し、また大いに利用する。応用も試みる。たとえば「じゃれつく」などといった、そもそも「つく」が付いているものを二連語に強制還元——という言葉もないだろうが——させ、軽い口調で「じゃれじゃれ」などと言ってみる。「まったく、何をそんなにじゃれじゃれしているんだ」という具合に。

「ちょっと、ドキつきますね」

ようやく坂を上りきり、サクラバシ君は私の弟子らしくさっそく新語を活用してみせた。

「確かに。今日はちょいと無理をした。低鳴るを越えて中鳴るに達した」

「なかなる?」サクラバシ君は不審そうに私の顔を見る。

「いや、物事には常に中間というものがある。大か小かで悩むのはナンセンスだ。その間にあるものを忘れてはならん」

「では、中鳴ると高鳴るではどのくらい違いがあるんです?」

サクラバシ君はこういう細かいことをいちいち気にする。「イチつく」男である。

「そんなことは心臓に聞いておくれ」

私は細かいことを気にしない大らかなタイプ。いや、これはいささか誇張し過ぎなので「中らかな」と言い直そう。

「どうしてそんなに次から次へと言葉を作るんです？」

サクラバシ君は次第に歩が遅くなっていた。螺旋階段のおり方が手ぬるいとそういうことになる。ゼンマイのねじがほどけ、足のつむじがつむじを曲げて、ついでにへそまで曲げて動かなくなる。私はいまだかつて、へそが曲がったところなど見たこともないが。

「いや、言葉さえあればね」

私はここぞとばかりに研究の趣旨を強調した。

「言葉さえあれば、そいつに物事が従うのだ」

サクラバシ君は私が折角いいことを言っているのにまるで聞いていない。遂に歩くことを放棄し、何やら路地の奥のあばら家を凝視している。今日は天気もよいので町を研究する我々としては大いに寄り道も結構。しかし、サクラバシ君の寄り道は少々時間が掛かるのが珠《たま》に瑕《きず》である。そもそも寄り道には時間制限というものがあり、許容時間を越えてしまったらそれはもう寄り道とは言えない。これこそ公共放送で教示すべき事実ではないか。

「それは何分くらいのことなんです？」

サクラバシ君は腕時計を気にしつつも依然として何かを観察していた。何を見ているのか。視線の先を確認すると、そこに大きな緑色の壁が立ちふさがっている。いや、そうではない。壁と見えたものは無数に配置された植木の群れである。多種多様なる植物が伸び放題に伸び、もはや植木鉢がどこにあるのか判然としない。

「寄り道に時間制限があるように、植木にも繁殖の制限があるのでしょうか」

それはそうだ。心して観察すれば、そこはもともと玄関であるらしく、当初は小粋に始められたに違いない。しかし、今や植木はジャングルの様相を呈し、すでに誰一人としてそこから出入りすることは不可能だった。繁殖が植木という言葉の範《はん》疇《ちゆう》を越えている。

「繁殖に問題があるわけですね」

その通り。そこなんだよ、サクラバシ君。

私は不意に「繁殖」という言葉に頭を支配された。言葉が音をたてて繁殖してゆく。町も言葉も植木も常に繁殖し続けているのだ。いや、この世の正体はこれ全て繁殖ではないのか。

「いや、まずい。いかんいかん。行こう行こう」

好奇心が急速に繁殖し始め、寄り道の範疇を大きく逸脱しそうになった。寄り道が高じれば道草と化す。道草とて繁茂すればジャングルのように行く手を阻む。そうなったら最後、それはもう決して散歩と言えなくなる。あっけなく道草の蔓《つる》にからめとられ、見知らぬ扉の向こうに連れ去られる。古今東西、扉は別世界に通じているものと相場が決まっている。そして、別世界というものは一旦紛れ込むとなかなかこちらに戻って来られない。何事にせよ、戻ってくるための扉を探すのはじつに大変なのだ——とこれまた相場が決まっている。

以上は夢見がちであった私の少年時代の夢想である。ただし、扉の向こうに別世界があるというのは決して詩的表現ではない。きわめて現実的な言葉である。

いずれにせよ、我々が成すべきはティファニーへの散歩で、決して道草を繁茂させることではない。

とはいえ、すでに少しばかり寄り道が過ぎてしまった。すでに道草と化したものが我々の足元にじゃれじゃれと絡みついて前へ進めない。というか、植木のジャングルに気をとられたせいで、いつもと違う路地に迷い込んだ。サクラバシ君のせいである。右も左も分からない。この辺りは地図で見れば一目瞭然だが、碁盤状になった通りの連なりが日々繁殖しているのではないかというくらい拡がっている。似たような十字路が幾つも連続して右を見ても左を見ても十字路しかない。

「どちらでしたか」

サクラバシ君はこういうときに限って呑気な声を出す。

「どちらも正しいように見えるが」と私は思った通りを口にした。

「ということは迷子になってしまったわけですね」

「いや、どちらも正しくないように見えるのが迷子だ」

「ティファニーへ行くときはいつも〈スマート神社〉の前を通りますけど」

この〈スマート神社〉なるものは私が命名したじつに奇怪な社である。両隣にマンションが立て込み、双方から押しやられて細長く圧縮されている。最初は〈圧縮神社〉と名付けたが、それではあんまりだろうと思い直し、〈濃縮神社〉と改めた。それでもしっくりこないので毎日眺めるうち、左右から押しつぶされた鳥居が背の高いスマートな青年に見えてきた。それで〈スマート神社〉。通りかかるときは「ごくろうさま」と一礼せずにおれない。両隣の巨漢マンションに屈しないスマートさに好感を持つ。一見、哀れに見えようが、屋上に上げやられるよりずっといい。「上げやられる」も私の作った新語で、「上げる」と「押しやられる」を融合したすこぶる便利な言葉である。なかなか使う機会がないのだが。

「どうしましょう」

サクラバシ君は十字路の真ん中に立ち、一応そんなことを言って不安げな顔をしている。が、彼の胸のうちは、おそらく「どうもしたくない」だろう。いつであったか彼がこう言ったのを忘れない。

「あのですね、何もせずに何かをしたような気になれることはないでしょうか」

とてもいい質問である。そして、いい質問には答えが何通りもある。

ひとつ——そもそも「何もせずに何かをしたような気になろう」という怠け心こそ、文明の推進力である。

ふたつ——何もしたくないのなら何もしなければいい。

みっつ——と言いたいが、我々が本当に何もしないでいられたら、もう少し住みやすい世界が出来ていたのかもしれない。

よっつ——住みやすい世界なんてくそくらえだ。

私の力説にもかかわらず、サクラバシ君は「はあ」とひとこと気が抜けたように応えた。そもそも彼は疑問を抱く必要などなかろう。「はあ」と鼻から声を出し、すでに応えずして何かに応えたような気になっている。

私はついでに補足しておいた。

「いつつ——何もせずに、と君は言うが、君はいつだって『何もしない』をしているではないか」

「はあ」

まだ言葉が足りないか。こういうとき自分の未熟さを痛感する。言葉が足らず、どうもうまく説明出来ない。「何もしない」を「する」ことを何と言えばいいか。「しないする」か。「しないる」か。「しなる」か。それとも思いきりはしょって「しる」か。いや、そうだ。「しる」だ。知ることだ。それがあった。

「知ることだよ」

立ちこめた霧が晴れ、私は遠くを見通す思いになった。言葉を作るのも愉しいが、すでにしかるべき言葉が用意されているのを発見したときは無性に感動する。途端に背筋がゾクついて、ゾクつき過ぎて風邪を引きそうになる。

——風邪を引いてしまうくらい感動する。

この表現も私の辞書によるものだ。気に入りの言葉だが「知る」には敵わない。

「すべてを知ること。さすれば、何もする必要もなくなる」

「はあ」

いや、やはり知らなくて結構。知るなんてくそくらえだ。知るなんてことを覚えたら、実際は何ひとつ理解していないのに知ったようなことを言い出す。そういうのを何と言ったか。すでに言葉はあるだろうか。

「あの、どうしましょうか」

我々は十字路に立ったまま前後左右に頭を巡らせていた。

「まっすぐだ」

私は自信をもって知ったかぶりをしてみせた。これである。いよいよ分からなくなったときは最終手段として知ったかぶりを行使する。何ひとつ理解していないのに知ったようなことを言う。

「本当にまっすぐでいいんですか」

「すべての道はローマに通ず、だ」

「何ですか、それ」

「ラ・フォンティーヌ。詩人の言葉だ。つまり、すべての道はティファニーに通ず、だ。あらゆる道はつながっている。これこそ真に驚くべき事実ではないか」

「つながってることがですか」

サクラバシ君が「はあ」で済ませないときは必ず反論が返ってくる。

「でも、道というのは、そもそもどこかとどこかをつなげるためにあるわけですから、そりゃあ、いつかは全部つながりますよ」

我々は私の知ったかぶりに従い、十字路を抜けてまっすぐに歩き出した。理屈からすれば「まっすぐティファニーに向かっている」ことになる。

が、歩いても歩いても住宅ばかりが続き、いっこうにそれらしき界隈に到達しなかった。やはり道草が過ぎた。いつか必ず到着するなら急いだりあせったりする必要もない。が、残念ながら二人ともやたらに腹が鳴っていた。

そもそも——と、ついこの言葉ばかり使ってしまうが、町を歩いていると何故かしら根源的なことに考えが至る。思考がソモついてソモソモを連発する。ソモソモ我々がティファニーに向かう理由は空腹を解消するためで、正確に言うと750円のBランチをいただくために毎日通っている。いずれにせよ辿《たど》り着《つ》くであろうことはラ・フォンティーヌの言う通りとしても、私はちょっとでも待つのが嫌だし、これはたぶんラ・フォンティーヌが言ったのではないと思うが「腹が減っては戦は出来ない」という名言もある。

「二時迄です」

「何が二時?」

「ランチタイムです」

サクラバシ君は詩集より時刻表を重視するタイプである。もっとも、私だって詩では食えないことを若いときに身をもって経験した。詩なんてくそくらえだ。ついでに、時計なんてくそくらえだ、と叫びたい。腕時計の秒針は着実に午後二時を目指している。全ての時計は午後二時に通ず、だ。

「あの」とサクラバシ君はまだ何か言いたげだった。「先ほど、我々は道に迷ったわけではないと、おっしゃいましたけど」

「そのとおり」

「では、この時間の浪費は何なのでしょう」

「いや、だから――」

サクラバシ君は自分の責任でこのような事態に陥ったことをまだ認識出来ていな

いようだった。黒板に書いて説明したくなってくる。

1・サクラバシ君は螺旋階段のおり方にいささか問題があった。

2・よって、歩行のためのゼンマイがうまく巻かれなかった。

3・よって、足がつむじを曲げてしまった。

4・つむじの曲がった足はついつい寄り道をする。

5・そこに膨大な植木のジャングルを発見。

6・はなはだしい寄り道。

7・寄り道が過ぎて道草に転ず。

8・道草の繁茂。草が足に絡みついて前進不能に。

9・依然としてそのまま。

例によってサクラバシ君は私の解説に釈然としない様子だった。

「ということはつまり、まだ道草が続いているわけですか」

「無論、そうだ。どんどん繁殖している」

「そう言われてみると、何だか緑が目につきます」

「いや、それは季節のせいだろう」

「あれ？」

そこでサクラバシ君は立ち止まり、「あれ」の「れ」のまま口をあけて絶句していた。そもそもやたらに絶句する性質の男なのだが、それにしても長いこと「れ」のまま固まっている。

「あれは」

指さした先を見ると、昼の陽を浴びた駐車場があり、さらに視線を伸ばせばその向こうに大きな緑の壁が見えた。ただしそれは先ほどの立ちふさがるような壁ではなく、こちらの背丈を遥かに越えた見上げるが如き壁である。

「これまたとんでもない道草の繁殖ですね」

玄関のみならず二階建ての大きな家が丸ごと緑に覆われており、思わず――というより当然のように――「緑の館」なる言葉が頭に浮かんだ。

そもそも――と、またソモついた――我々が目指しているティファニーはこの町に昔からある安食堂である。食堂にその名が冠せられたのは有名宝石店からの引用ではなく、オードリー・ヘップバーンが主演した映画のタイトルにちなんでいる。その証拠に、店のあちらこちらにヘップバーンのポートレートが飾られ、その中に優雅で気まぐれな「朝食」とは無縁の、妙にワイルドなヘップバーンのスティル写真が紛れ込んでいた。写真の褪《あ》せ具合に比例し、「朝食」の知名度に比べたらいまひとつ認知度も人気も足りない作品だが、アマゾンのジャングルを「緑の館」と称したタイトルは、どこか詩的な印象を与える。まぁ、詩なんてくそくらえなのだが。

「もう、一時を過ぎました」

――そのとき、突然に空腹が幻覚を呼んだ。

サクラバシ君の声が次第に遠のいて、入れ代わりにジャングルの妖精めいたヘップバーンが緑の館を背にして――色褪せて――立っていた。

こんな駐車場にヘップバーンがだ。

「このままでは道草にからめとられてしまいます」

確かにサクラバシ君の言うとおりだが、おそるべきは目の前の驚異である。目が離せないとはこのこと。たとえ幻覚とはいえ、目の前にヘップバーンがいる。

というより、ヘップバーンはもうとっくにあちら側に行ってしまったのだから、安食堂の壁の写真にほだされて熱をあげ、ひと目お会いしたいと念じてみたところで、結局は二次元の世界の邂逅《かいこう》でしかない。

ところが、その幻覚は明らかに三次元の立体感を備えていた。生身を見たことがないので正確さに欠けるが、一応は等身大と言っていい大きさでそこにいらっしゃる。足も二本あるから幽霊ではない。これが二次元であったらただの宣伝用等身大パネルだ。が、パネルは微笑んだりしないし、身に纏《まと》う衣服が風になびいたりもしない。さすがに声までは発しないとしても、こんな幻覚が見られるなら何度でも道草をして緑の館を目指したい。

「Bランチが売り切れてしまいます」

「ちょっと待った」

本当に久し振りに「ちょっと待って欲しい」事態が発生していたのだ。大体、Bランチなどどうでもよいではないか。確かに空腹は満たしたい。〈スマート神社〉に一礼してティファニーに向かうのは私の愛すべき日課だ。しかし、空腹以上に私を突き動かしていたのはじつのところ壁に居並ぶヘップバーンではなかったか。それも、色褪せてもどこかに野性の匂いを漂わせる「緑の館」の彼女だ。

「待っている時間なんてないと御自分で仰《おっしゃ》ったんです」

こういうときのサクラバシ君のやかましさには目に余るものがある。

「よし、分かった」——私は、じつに物分かりのいい男なのだ——「一人で先に行きなさい」

「何を言ってるんですか。道が分からないのにどうやって先に行くんです」

「好きにしたらいいと言っているんだ」

「あ？」

サクラバシ君は「あ」の一言をさまざまな場面で使う男だが、そのときのそれは明らかに疑惑の「あ」で、疑惑でありながら何やら一人で納得したような「ははあん」の「あ」が微量ながら含まれていた。

「また、ヘップバーンが見えているんですね。大体、好きにしたらいいと言うときは決まってそうなんです」

決まってそう？　そうなのか。私はそんなに何度もヘップバーンの幻を見てきたのか。そういえばそんな気もするが——いや、そうではない、あれは食堂の壁の染みを隠すために貼られた映画雑誌の切り抜きではないか。

「どの辺りに見えるんです？　はっきり見えますか」

「もちろん。君の顔なんかよりよほどはっきり見える」

実際そうなのだから仕方ない。サクラバシ君はもともとぼんやりした顔の男だが、いまや一層ぼんやりとして目鼻立ちが「へのへのもへじ」くらいにしか認識出来なかった。

「はっきり見えるのはよくない傾向です。この間はそのあと急に恐いと言い出しました。覚えてないですか。一緒に扉を探したじゃないですか」

「扉を？」

「師匠が言ったんです。戻らなくてはならないと。自分は間違って扉の向こうに来てしまったと。僕には何のことやら分かりませんでしたが」

私にも何のことやらさっぱり。確かにこのごろ物忘れがひどいと感じるが、私の記憶では扉を探したのは夢の中だったはず。

「なぁ、サクラバシ君、あれは夢の中の話だよ。確かにそんな夢を見たのは覚えている。二人で扉を探してようやく見つけるんだが、あまりに小さな扉でくぐり抜けることが出来ない。いや、扉が小さくなったんじゃない。我々が大きくなってしまったんだ。むなしいよ。じつにむなしい。どうしてそんなことになってしまったのか。私が答えを知りたいのはその一点に尽きる。いつからそうなった。いつから我々はこんなにも大きくなった。もう戻れないぞ。我々の居たあの場所にはもう戻れない」

「師匠、しっかりしてください。あのときも一緒に探したじゃないですか。あれは夢じゃないんです。扉はどこだ、戻らないといけない、帰らないといけない、胸がドキつく胸がドキつくと言い出して、あのときもティファニーに行く途中でした。気を失ったんですよ」

「いや、あれは夢だ。間違いない」

そうに決まっている。目覚めて冷たいタオルで汗を拭いたのを思い出す。子供の時分にもしばしばそんな夢を見た。寄り道をしているうちにいつの間にか別世界に迷い込み、迷い込んだ途端に帰るための扉を探している。おかしな話だ。子供のときから別世界は魅惑的だった。私はいつでも日常の中に非常口を探し、扉の向こうの知らない世界を夢見ていた。しかしだ。いざ別世界に参入してみると、その途端に帰り道を探している。何のことはない、別世界に行っても私は別世界を探していた。その欲望は何だ。私は一体何を探し続けてきたのか――。

「あのとき師匠は目覚めてすぐ、腹が空いた、と言いました。覚えてませんか。あのときも我々はティファニーに辿り着けなかったんです。とても腹が空いていました。今日と同じです。どうですか、まだ幻覚は見えますか」

「いや――」

緑の館はそのままだったが、駐車場のヘップバーンは頬をなぶった風のように姿を消していた。とんでもない損失である。面白くもない。覚えのない記憶を持ち出され、頭がボケたかあるいは夢遊病にでもなったかのように責めたてられ、おまけに麗しき三次元のヘップバーンはあっさり消えてしまった。

「すっかり見えないよ」

「それならよかったです」

サクラバシ君は鈍感きわまりない男であるから、私の胸中など気にも留めない。

「心臓、ドキついてないですか」

一応、心配そうな顔をしているが、そんなことを言いながら空かせた腹をグウグウ鳴らせている。低鳴るでも中鳴るでもなく明らかに高鳴っている。不覚にも私の腹もグウつき始め、グウつきながらあらためて十字路に立った。長い道草である。

「どちらに行きましょうか」

「どちらでもいいよ」

「どこへ行こうがティファニーに通ず、なんですよね」

「我らが愛すべき詩人によればね」

問題は、そのときラ・フォンティーヌが空腹であったかどうかだろう。

黒砂糖

今、月夜に種蒔《ま》く人は、この僕である。

靴の裏に五円玉を貼り付け、夜のアスファルトをカツーンカツーンと歩いて回る。かつて伊吹先生は、硬い革靴の底を壁と壁に挟まれた暗い路地に美しく響かせたものだ。が、寒い国の職人が作るその高価な靴を僕は買うことが出来ない。だから、もっぱら五円玉で凌《しの》いできた。

決行は月夜のみ。そのための黒い上着も用意してある。

今はもう亡き人となった伊吹先生から譲り受けた本物の「夜の上着」で、その証拠に黒砂糖の香りが甘く染み込んでいる。

伊吹先生は僕の師匠というだけでなく、すべての夜を往《ゆ》くものが仰ぎ見た偉大なる師だった。黒子に徹するため、黒砂糖を喰らって生き、この黒い上着のポケットに、いつもその黒く甘いかたまりを隠し持っていた。

先生は真に黒い詩人だった。もともと色白なところに、老いの兆《きざ》しが見え始めた頭髪が銀と白のマーブルになっていた。しかし、吐き出される言葉は常に黒く渦巻き、悪魔の尻尾のようにしなやかに絡み付いて離れなかった。

「夜を拾うんだ、吉田君」

先生は事あるごとにそう言っていた。

「ピアノから黒い鍵盤だけ拾うみたいに」

そうした言葉が、黒砂糖を丸ごと呑み込んだように、今も僕の腹の中にある。あんな人はもう二度と現れない。ただ先生の言葉だけが、黒光りしたままこの腹に宿っている。

だから、あの「中庭」の生徒であった僕は、先生の遺志を継ぐべく黒子として生きることに決めたのだ。夜を拾い、夜を植えてゆく黒子として——。

これは元より仕事ではない。趣味でもない。奉仕でも芸術でもなく、ただ「継承」と言うしかない。じつに重い継承だ。継承者らしく背負うものもある。

アパートの夜の鏡の前で件《くだん》の上着を羽織ると、どこからか静かに低い旋律が聞こえてくる。その旋律も一緒に身に纏《まと》い、暗い穴倉のようなアパートの入口からひっそり抜け出してゆく。

世間は言うまでもない草木も眠る時刻である。ただし、人はもう眠らない。いつからか、人がことごとく眠りに就く時間が町から消え、夜を追い払うが如くコンビニエンス・ストアの明かりが点々と灯されている。その灯《あかり》に照らされて、僕の濃紺色の影は路上にずんぐりと映る。たんまり水を詰め込んだポリタンクを背負っているからだ。

伊吹先生はそれを「悪魔」と呼んだ。

コンビニの灯から離れ、路地に立つ電信柱の街灯に照らされると、ずんぐりした影が細長く引き伸ばされて悪魔の影絵になる。背負ったポリタンクは黒々とした羽に化けて、タンクから突き出たホースが尻尾のように映る。

「悪魔で結構」と先生は笑っていた。「こんなにも天使のように振る舞っているのにな。皮肉なもんだ」

眠ることのない人たちの目を避け、僕は腰に提《さ》げた幾つもの皮袋の中に指先を差し入れる。そこには幾種類もの小さな植物の種が収まっている。

「決まりなどない」

先生の蒔き方は類を見ない独自なものだった。思いつくまま、直感だけを頼りに蒔いてゆく。蒔くというより据えるとでも言うべき仕草だ。どこに据えるのか、どのくらい据えるのか、それはそのときの夜の息づかいで決まると言っていた。

「夜は生きていると、とりあえず仮定してみる。あくまで仮定だが。実際のところ、死んではいない。まぁ、生きてもいないだろうが」

こういった言動のとき、先生は詩ではなく冗談の方に寄り添っていた。詩人のおもむきを見せるときの先生は、はっきり「夜は生きている」と断言した。

「で、その仮定に基づいて言えば、夜は息をしていることになる。我々と同じように、あるひとつのリズムに乗って、吸ったり吐いたり」

たとえ冗談であっても、先生がそう言うと本当に夜が息をしているように感じられた。

「リズムを摑《つか》んだらこっちのもの。簡単なことだ。夜の奴が息を吐いているときには静かに耳を傾け、吸っているときに、すかさず種を蒔く。吐いているときには、そこに拾うべきものがあるか検討し、吸っているときにはさっと水を撒く。その繰り返し」

僕は、夜の息づかいのリズムに合わせながら先生の言葉を思い返し、皮袋の中の吹けば飛ぶような種をひとつひとつ据えて水を撒く。

据えるところはあらかじめ決まっている。コンクリートの隙間。ちょっとした割れ目や穴、僅《わず》かな裂け目、そういったところを探し当て、そこに土をひと盛りと種を据える。しょい込んだタンクの蛇口をひねり、小さなシャワーホースを操って水を撒く。すでに種を据えたところには水だけ与え、成長の観察も欠かさない。伸び具合に不自然なところはないか、人為的な匂いや作為が覗き見えていないか。

なにしろ目立ってはいけない。といって、まったく目立たないのも無意味だ。そのどちらでもない、主張なき主張のまま育てる。

多くの人たちは無関心にやり過ごしているか、あるいはまるで気に留めない。しかし、十人に一人くらいが、おや、と足を止め、「こんなところに草が」「こんなところに花が」「こんなところに木が」と呟く。

「そのくらいがちょうどいい」

夜の上着を蝙蝠《こうもり》の翼のようになびかせながらウインクする先生が偲ばれた。

「それが小さな発見であること。誰も気付いていないかもしれないが、自分だけは見つけたと思えること。それがいい」

そうして発見されたものを「人知れぬ植物」と呼び、最初のうちは先生も小さな発見者の一人でしかなかった。

仕事のあれこれに気をとられ、うつむき加減で先生が散歩をしていたときのことだ。足元のアスファルトの裂け目からほんの数センチの緑を覗かせている雑草を認めた。「こんなところに」と先生は立ち止まってしゃがみ込んだ。一旦気付くと、頭を覗かせた緑は路上のあちらこちらにあり、住宅街の路地裏で蹲《うずくま》るように膝をついた先生は「そうなのか」と繰り返した。そのうち、はっとして顔を上げると、傍《かたわ》らのコンクリート塀からも湧き出るように雑草は伸びている。

そのとき先生は脳裡に閃《ひらめ》いた言葉を声に出さずにいられなかった。

「この中に森がある」

手のひらでアスファルトを軽く叩き、「この中」と呟くと、立ち上がるなり塀に手を当て、コンクリートのざらりとした感触を確かめた。

「この中に森が」

＊

先生の本職は音楽の仕事で、世界でただ一人のファンファーレ専門の作曲家だった。ごく短いものがほとんどで、平均すると、どの作品もおよそ十秒程度でしかない。仕事としては依頼に応えて作るのが基本だったが、気が向くと先生は、身辺のあらゆる物事にファンファーレを捧げた。

たとえばひとつの散歩の間にも、『出発のファンファーレ』を作り、『塀の上の猫のファンファーレ』を作り、『乗り捨てられた自転車のファンファーレ』を作り、『ひと休みのファンファーレ』を作って実際にひと休みし、それから町なかの特徴ある建物を見つけては『三枚扉のブリキ屋のファンファーレ』や『頭でっかちのアパートのためのファンファーレ』を作った。

先生はいつでもミュート付きの子供用ポケット・トランペットを首から提げ、そいつを斜め四十五度上向きに構えると、思いつくまま作り上げたファンファーレを控えめに、しかし高らかに奏でた。

当然の如く、『人知れぬ森のファンファーレ』もすぐさま作られ、壁に手を当てた先生は片手で巧みに吹いた。

「私のファンファーレは、すべて『さあ、行こう』と歌っている。つまりは突撃ラッパなのだ」

冗談に寄り添いながら先生はそんなことを言った。

「皆に『さあ、行こう』と呼びかけたい。捨てられた自転車にも、頭でっかちな古アパートにも、私は元気よく『さあ、行こう』と声をかけたい」

そんな話を聞くよりも早く、僕は伊吹先生の心意気に惚れ、「どうかお願いします」と弟子入りを申し出たのが五年ほど前のことだ。

「いや、私は弟子など要らん」

最初のうち先生はじつに頑《かたく》なで、僕の望みなど聞き入れてくれなかった。何度も詰め寄る僕に溜息をつき、『弟子入り拒否のファンファーレ』なるものを作ると、「どうか」と僕が頭を下げるたび、そのファンファーレを吹いて、「さあ、行きなさい。ここではないどこかに」と、つれない言葉しか返さなかった。

「でも」と僕も負けていなかった。「いずれ先生が、ここではないどこかに行ってしまったとき、そのあと一体、誰がファンファーレを作るのです？　誰が、皆に合図を送るのです？」

先生の手つきを真似、僕も持参した玩具のトランペットを構えた。

「『師と共にゆくファンファーレ』です」

題を告げて自作のファンファーレをひと吹きした。プラスチック製のいかにも嘘くさい音色だったが、音程はそれなりに正確でメロディーは伝えられた。

耳を澄まして聴いていた先生は、苦い顔のまま「ふむ」と頷き、「まあ、勝手にしたらいいよ」と言うなり、自身のトランペットを四十五度に構えて即興のファンファーレを披露した。題こそ教えてくれなかったが、おそらくあれは『合格のファンファーレ』であったに違いない。
そんなふうにして僕は先生の弟子になった。

*

先生の講義は夕刻のひととき、〈黄金アパート〉の中庭で毎日のように繰り返された。〈黄金アパート〉という名前からしてすでに怪しげだが、どんな酔狂な御仁が建てたものか、正方形の敷地の四方を古びた城壁を思わせる建物が囲み、その中心に、庭というよりも、むしろそれこそが主役であるかのような濃密な空間が隠されていた。息苦しいぐらいに空気が濃く、色とりどりの植物が育ち、それらの緑が吐き出す息に囲まれ、かつてはそこで午後のお茶会を開いていたらしい。どこか典雅な装飾が施されたテーブルと、それに見合った何脚もの椅子が放置されたままになっていた。

その中庭を取り囲む「ロ」の字型の二階建てには、十二の部屋が整然と用意されていた。しかし、伊吹先生が越してきたときの住人は僕を含めてわずか六名。僕を除く五人は勤め人だったから、平日の夕刻の中庭は先生の独壇場となった。

講義とはいっても、それは僕が勝手にそう呼んだだけで、先生はただ好物の缶コーヒーを手にして自由気儘《きまま》にお喋りするだけだ。あるときは「彗星」について、あるときは「夜会服」について、あるときは「誘蛾灯」について、あるときは「夜行列車」について。いずれも、夜をめぐる様々な事象を語り、音楽家とは別のもうひとつの先生の顔がそこに炙《あぶ》り出された。

「つくづく私は夜が好きなのだな」

自身に確認するように呟き、「私が心底、ファンファーレを捧げたいのは、これすべて夜に息づくものだ」

先生は夜の話になると頬が緩み、いつもの厳しさがどこかに消えていた。日課の散歩も必ず夜遅くに出かけてゆく。お供すると、当然のように話は夜をめぐる問答となった。

「いいか吉田君。夜には果てがない。そのことを忘れてはならん。果てがないものは次々と驚きを見せる。そいつを誰にも気付かれぬよう、こつこつ拾い上げてゆくんだ」

「その驚きとは何のことです?」僕はいつも同じ質問をしていた。「先生の話を聞いていると、そもそも驚きとは何だったか、それすら分からなくなってきます」

「いや、そんなのは簡単だ。驚きというのは、すぐそこにあるものだ」

「すぐそこ、ですか」

「いかにも。正確に言えば、すぐそこにある見慣れたものが、突然、姿を変えてみせるのが『驚き』だ。夜はそれを教えてくれる。そして何かが姿を変えるたび、夜は優しげに膨らむ」

「夜がですか」

「そうだ。夜は果てしなくどこまでも膨む。だから私は夜が好きだ。どれほど拾い続けてもきりがない。散歩のしがいがある。この世で一番楽しいのはきりのない散歩だ。私はまだまだ夜を往きたい。どこまでも膨らませたい」

そこで先生はとっておきの一曲、その名もまさに『夜のためのファンファーレ』を吹いてみせた。ほんの数秒のファンファーレである。

あっという間に吹き終えると、

「では、失敬！」

そう一言だけ言い残し、夜の路地裏からさっと身を翻《ひるがえ》して姿を消した。そんなことが度々あった。

「どこに行ってしまったんです？」

途方に暮れて闇に尋ねても、夜は静まり返って何も答えない。ずいぶん経って忘れた頃に、夜の向こうの遠い彼方に先生のファンファーレが響いた。

たぶん先生は、驚きを探し続けて夜通し散歩をしていたに違いない。その果てしない散歩を今は僕が引き継ぎ、悪魔を背負って「人知れぬ植物」を育てている。

そもそも夜の散歩を兼ね、そうして種を据えて水を撒くことを思いついたのは、先生が晩年と言っていい時間を迎えてからだった。

「この頃、どうも森が活き活きしていない」

ふと漏らしたその一言がきっかけになり、先生はコンクリートとアスファルトに封じられた森をなんとか甦らせたいと念じ始めた。

「元気をなくしている。いくら私がファンファーレを捧げたところで、どうにもならん」

先生は目を潤ませているようで、それは、都会の底でけなげに生き続ける小さな植物を思いやってのことだったか、それとも、何か良いことを思いついたときの、いつもの先生の癖であったか。

「あのな、吉田君。私はこれから森の黒子となって、月の出る夜に森に水をやることにした。放っておいたら、いずれ森は滅びる。そういうわけにはいかん。分かるか。森は夜に等しいのだ。夜すなわち森なのだ」

残念ながら僕にはよく分からなかった。今も僕はその方程式の前で躓《つまず》く。

先生はこうも言った。

「じつは私にもよく分からん。だが、言葉で分からないことは体で理解すればいい。夜を知りたければ夜を歩くより術はない」

先生は夜を探求するあまり、その反動で昼というものを愛さなかった。「昼はなまっちろいよ」「昼はだらしないな」「昼はいい気になってる」――たびたび、そう罵って顔を歪ませた。

「夜のおかげで昼があるということを、皆、忘れてる」

声を荒げてそう訴える先生であったから、ときおり白昼に思いがけない夜のかけらに出くわすと、おお、と声をあげて喜んだ。

それは、他愛もない星座早見表であったり、黒い無地の上着であったり、すっかりお気に入りになってしまった黒砂糖であったりした。

「これらは間違いなく夜に属する。彼らの先にはきっと夜がある。というより、昼の裏に夜が隠されているということを、彼らはそれとなく我々に示している」

先生に言わせると、それは森にしてもまったく同じで、町が包囲して封じ込めてしまった原始の森は、今もコンクリートの下で息づいているという。

「昼と夜が背中合わせであるように、町と森も一つの空間で表裏になっている。もし、今ここに巨大なガリバーが現れ、彼が町という町をシャツを裏返すみたいにひっくり返してしまったら、コンクリートの裏地にはきっと森が現れるだろう」

＊

それは確かに先生の言う通りで、あらゆる路上やコンクリート・ブロックに緑の兆しが覗き、そいつを知れば知るほど、黒子の僕は夜を往く時間が長くなった。夜ごと、靴底の五円玉を響かせて緑を辿るうちに、いつの間にか知らない番地に迷い込んでいることもある。

「見知らぬ界隈に放り出されたら、星の位置を確かめるよりも建物のかたちを頭に入れておくことだ」

先生はそれを更にファンファーレに転じ、音階を記号のように記憶して町を記憶しようとしていた。

「頭でっかちのアパート」にしても「三枚扉のブリキ屋」にしても、ファンファーレを捧げられたものたちの多くは先生の頭の中で形と音の地図を成していた。

もちろん僕もまた師の教えに従い、方角を失ったときは建物と町のかたちを観察することで覚えたり探ったりした。ファンファーレも次々と作った。

だからその夜、気付くと知らない街の十字路に差し掛かっていて、夜光時計の針が十一時を指しているのを確認すると、しばし考えたのち、『十一時の十字路に響くファンファーレ』なる一曲を作った。

さっそく胸のトランペットに唇を当て、ミュートを効かせて弱々しく吹く。

――と、途端に頭がぐらりとなり、町の垂直線がことごとく歪んで見えた。眩暈《めまい》だろうか。いや、そうではない。僕の平衡感覚が歪んでいるのではなく、町の方が少しばかり傾いているのだ。

「傾いた町には脈がある」

先生の考えはすべて森に通じ、建物が傾いてしまうのは森の力が強いからに違いなく、隆起した植物が塀や電信柱や、ときには家を丸ごと押し上げて森の力を誇示しているのだという。

しかし、さすがにそれはどうだろう。そればかりは先生の考え過ぎではなかったかと首をひねりたくなる。が、傾くブロック塀から触手を伸ばした緑色の蔓は、確かに活き活きとして水を与える必要もない。

そもそも、その町には新たな種を植えるべき余地がなかった。というか、あまりにも整い過ぎて気味が悪いほどだった。先生がこだわった「主張なき主張」が正確に行き渡り、雨が降ったわけでもないのに町中に水の匂いがたちこめていた。

僕は十字路の手前でポリタンクを下ろすと、その上に腰かけて煙草を一本吸った。気のせいか、吐いた煙まで傾きながら夜の空気に溶けてゆく。

と、そこへ先生のファンファーレが聴こえた。

もちろん空耳だろう。先生はもうこの世にいない。僕は少し疲れているのだ。今夜は早々に引きあげよう——と立ち上がり、まだ重いままのポリタンクをしょい込むと、背中から月明かりを浴びたその姿は、いつもの悪魔になって十字路に影を落とした。勢い込んで立ち上がったせいだろうか、瞬間、立ちくらみがして、十字路の影も霞んで二つに見えた。

「誰？」

声が聞こえた。女性の声で、どうやら空耳ではない。いま一度、影を見直すと、明らかに自分ではないもうひとつの影がのびていた。

角のすぐ向こうに声の持ち主がいる。

「もしかして」と声が尋ねた。「先生の幽霊でしょうか」

「先生？　伊吹先生を知っているんですか」

問い返すと、影は、はい、と頷き、「そういうあなたは誰ですか」と不審げに語尾が曇った。

そろりと僕は一歩前へ踏み出し、タンクを背負い直しながら、

「弟子です」

声を大きくして答えた。

と、街灯に照らされたその人影は、十字路の中心にゆうらり伸びて、

「わたしもです」

影法師に引きずられて現れたその人は、黒い上着を羽織って首から小さなトランペットを提げていた。背負ったポリタンクも僕と同じ、先生が遺していったものと寸分違わない。

「わたしも弟子です」

月を映した瞳が潤んでいた。思えば、いつでも夜に驚き続けた先生は、同時に弟子である僕を驚かす人でもあった。

「では、失敬！」

そう言い残し、夜の向こうに行ったきりになってしまった今も先生はこうして僕を驚かせる。

まさか、弟子がもう一人いるなど思いもよらなかった。彼女もまた同じ思いなのか、僕らは夜の十字路で鏡を覗き込むようにお互いを確認し、そのうちなんだかおかしくなって、ふつふつと笑いが込み上げてきた。まるで双子の兄妹のように僕らは同じ格好で笑い、十字路の端にある自動販売機の前に立って、

「先生の好物は——」

揃って黒い缶コーヒーを指さした。

彼女は自分の靴底から百円玉を二枚引き剝がし、そいつをコイン投入口に差し入れて目当てのボタンを細い指先で探った。兄と妹と勝手に決めたが、靴底のコインは彼女の方が百九十円も上回っている。

「これですか」

彼女はゴロリと出てきた無糖ブラックの缶コーヒーを手にし、僕もまた同じものをゴロリと出して、「そう、これだった」と宙にふたつの黒い缶を並べた。

乾杯などしない。のみならず、言葉を交わさなくても、彼女が腰の周りに取り付けた色とりどりの皮袋や、少し糸の綻《ほころ》びがある黒い上着や、首から提げたトランペットの鈍い輝きが、これまでの時間をいちいち物語っていた。

「ときどき、どこか遠くから先生のファンファーレが聴こえて——あれは空耳だとばかり思っていました」

僕らはおそらくお互いの音色をいつも遠くに聴いていたのだ。だからなのか、いざ言葉を交わそうとしても、すべてはもう語られたことのように思えた。何も訊かず、何も話さず、ただ黙って、黒い缶コーヒーを口に運べばそれでよかった。

＊

それから僕を取り囲む夜は、ひとまわりもふたまわりも膨らんでいった。

先生が言っていたのはこれなのかと思いつつ、あるいは僕の思い過ごしかもしれないと考えられるふしもあった。

先生は夜が膨らむことで散歩にきりがなくなり、それがこの世で一番楽しいことだと言った。そこのところもどうやら同じで、僕は次第に夜の散歩が楽しくなり、見慣れたものが姿を変える驚きもあった。

鏡がそのひとつだった。どういうものか鏡が気になり、夜の散歩に出かける前に延々と鏡を眺めてしまう。

――それはな、鏡が気になるのではなく、君が自分の容姿を気にしているだけではないか。

もし、先生が側にいたら、たぶんそんなことを言って乾いた笑い声をあげたに違いない。笑いながら僕を冷やかすファンファーレを吹いたかもしれない。

「違いますよ」

鏡に向かって僕は答える。そうじゃないんです、と否定しながら、夜の上着の汚れや皺が気になり、しきりに洗濯をしたりアイロンをかけたりしていた。

「それ、見ろ」と先生は鏡の中からすかさず話しかけてきた。「君はもう一度、彼女に会いたいのだ」

いえ、と僕は首を振って夜の上着に袖を通す。

いつからか上着には甘い香りがなくなっていた。洗濯のし過ぎで、染み付いていた黒砂糖の香りが飛んでしまったのか。それとも、僕はそんなふうにして少しずつ先生の「夜」から卒業しつつあるのかもしれなかった。

「ほら」と、在りし日の先生は手のひらの上に黒砂糖のかたまりをのせ、「ここに夜がある」と、詩の方に寄り添いながら言ったものだ。その声を僕は、ざらりとした黒砂糖の感触と共に思い出す。自分がその「夜」の中に閉じこめられてしまったかのように。

だから、もし再び夜の十字路で、もう一度彼女と会ったら、僕は同じ先生の弟子として、彼女にそのことを訊きたかった。

僕らはいつまで、この「夜」に留まり続けるのかと。

でも、彼女は彼女の森を育てていたし、僕は僕の森を育てていたから、なかなか顔を合わすことは叶わず、仕方なく僕は鏡の中の自分の顔ばかり眺めていた。

僕の顔と、それから先生の顔と。

*

しかし、顔を合わせることはなくても、相変わらず空耳のようにファンファーレは遠く聴こえた。

それで僕はとうとう意を決し、靴の裏の五円玉を百円玉に格上げすると、あの日辿った路地を思い起こしながら再び「傾いた町」に潜り込んだ。

ポケットに黒砂糖のかたまりを忍ばせ、慎重に夜の息づかいを読み、種を据えて、水を撒く。ファンファーレも奏でた。奏でては目を閉じて耳を澄ました。

そのうち、遠くに音が響き、やはり彼女もまた「さあ、行こう」とファンファーレを送り返してきた。僕は先生のとっておきだった『夜のためのファンファーレ』を吹き、目を閉じて待つと少しの間をおいて同じ曲を彼女も返してきた。

もう一度、僕は吹いた。もう一度、彼女も吹いて返した。

繰り返すうちに音は近づき、いつの間にかあの十字路に辿り着いた。

水の匂いがたちこめている。あの夜と同じ丸々とした月が空にある。あの夜と同じように十字路の真ん中で二つの影が交叉している。

僕は深呼吸をして「そこにいますか」と角の向こうに声をかけた。角の向こうからも深呼吸が聞こえる。

「ええ。ここにいます」

「話したいことがあったんです」

「わたしもです」

「夜のことを」

「夜のことを」

鸚鵡《おうむ》返しのように交わされた言葉が十字路に重なり、次に言うべき言葉を探していると、この期《ご》に及んで、遠くかすかにファンファーレが響いた。

「空耳？」

「いえ、わたしにも聞こえますが」

「まさか」

「もう一人？」

ポケットの中で握りしめた黒砂糖のかけらが、知らぬ間にひとまわり大きくなったようにざらりとしていた。

また、夜が膨らんでゆく。

アシャとピストル

この世に買えないものがあるのなら、そんなものこそ売ってみせようとアシャは世にも不思議で怪しげな商売を思いついたわけです。

アシャはカラスを射つ——鴉射と書きます。

それまでつまらない仕事ばかりを転々とし、もう仕事などするものか、と言いかけたとき、ふと彼は買えないものを売ることを思いついたのでした。

——しかし、買えないものとは何だろう。

しきりに自問していた頃、彼はそのふた文字をやたらに漢字の多い分厚い書物の隅からつまみ上げました。彼は平仮名の如く易々と生きるのをよしとしながら、時々、コツリと石に躓《つまず》くようにして出会う見知らぬ漢字に目を見張るのです。躓いた足の指が腫れ上がるようだったのが「鴉射」で、そのふた文字に頁《ページ》の向こうからいきなり射ち抜かれたのです。射たれて胸元に血が滲《にじ》み、気付くと彼自身が「鴉射」という文字に化けていました。ふた文字で表わすなら「変身」というのでしょうか。エイゴを使えばメタモルナントカです。

アシャの知っているエイゴはどれもナントカばかりで、ハローナントカ、エブリナントカ、オールナントカ、とそんな具合です。彼は漢字に射たれて変身することはあっても、メタモルナントカには生涯無縁でしょう。

もっとも、住んでいるアパートは似つかわしくもない〈シャトーナントカ〉なる横文字名前で、彼は住所を問われると「シャトー」と言ったきりムニャムニャと濁します。幸い、住む街の名は漢字ふた文字で表記され、まるで漢字が詰まった分厚い書物がそのまま街になったような区域です。街路が「街」という字そっくりに入り組み、かつては平仮名でしかなかった「まち」が「街」という漢字に恋い焦がれ、いつの間にやらメタモルナントカしてしまったような――。

繰り返しますが、アシャはもともと平仮名の中を生きる男でしたが、その入り組んだ街路にがんじがらめになって、いつの間にか街と同化している自分をどこかで愉《たの》しんでいました。アシャに限らずこの街に身を潜める男たちの多くが同じ思いを秘めています。たとえば、アシャが酒場で知り合った男がそうでした。

名を訊くと「オーシンイ」と答えるので、てっきり中国人の王さんであろうかとアシャは最初そう思ったのです。しかし、よくよく訊いてみれば、オーシンイは「往診医」のことに他ならず、しがないボロ医院を営んでいた彼はこの言葉にからめとられて自らそう名乗り始めたと語りました。

「往診専門」

オーシンイは最初のうち言葉少なく返答していました。

「俺はそう名乗ることによって、待つ医者ではなくなった」

オーシンイは焼酎《しょうちゅう》をちびちび一ミリずつ飲みながら頬を赤らめ、一ミリずつちびちびと己について語りました。

「俺はつまり、出かけてゆく医者になったわけだ」

「それはいいことです」とアシャは強い酒をあおり、深い霧を思わせる酔いの向こうにオーシンイの顔をかろうじて認めました。その顔がこう続けます。

「ところで君は何故、アシャなのだ」

オーシンイの顔つきがアシャの嫌いな保線係のヨコバイそっくりに見えました。

「僕は」とアシャはまた酒をつぎ足し、「僕はその言葉を古本屋で買ったカビくさい頁の中に見つけて――」

そのとき、アシャの目には文字の向こうに広がる午後二時の操車場が見えていました。荒野にしか吹かない砂まじりの痛い風が右から左に吹き、襟元を合わせたアシャは本を置いてしばらく目を閉じたのです。

そこは街を歩き回った挙句に突き当たる東京で一番大きな操車場――眠れる電車の都でした。見渡す限り一面のレールと静まり返った車輛。遠い昔に電車の運転士になりたかったことを思い出し、幼かった自分を励ますように列車の艶やかな姿を飽かず眺めました。思う存分に。

思う存分とは時間に換算すると二時間くらいのことでしょうか。そのくらいの間じっと動かずにいると、自分がレールの脇に転がった石ころにでもなったようで、でなければ、さんざん石ころを投げつけられて逃げのびた車庫の上のカラスに変身した心地でした。

いつの間にかアシャは赤錆《あかさ》びたレールの側に立ち、石ころを拾い上げるなりカラスどもに挨拶しました。「おうい」と戯《たわむ》れに石ころを放り投げ、「ハローナントカ」と通じるはずもないエイゴなど使って。

カラスは答える代わりにア行の擬音を用いて訳の分からない返事をしました。

アエア、オオオオ。

アシャにはそう聞こえました。カラスは「阿呆阿呆」と鳴いているのではなく、阿と呆の間に幾つものア行が詰め込まれ、アシャの言う「金で買えないもの」とは、たとえばそんなア行の連なりのことでした。

「オイ」

と、これもまたア行ではあるものの、明らかに人の発する声がアシャの耳まで届き、すぐにアシャはそれがヨコバイの声だと分かりました。ヨコバイの声は、何というか、声までもが横ばいになり、最初は薄っぺらいのに近づいてくると耳にまとわりついてうるさいのです。

「オイ、カラス射ち。お前さんやっぱりカラス射ちなんだろ？　自分には分かっておる。その石の持ち方からして堂に入ってる。それはプロの手つきだ」

声だけでなくヨコバイはもちろん姿も横向きになってアシャを警戒しています。列車と列車の間に挟まれた僅《わず》かな空間を保線係であるヨコバイは体を横にしてすり抜けてくるのです。

じつに薄い男。

スパイのように壁と壁の間を横歩きで素早く移動し、広い空間に抜け出てもなお横になったままです。職業病でしょう。それともヨコバイは、たとえば「斜に構える」という言葉にメタモルナントカしてしまったのでしょうか。いずれにしても、常に横向きを固持した薄い男で、決して正面というものを他人に見せません。

「カラス射ち？」

近づいてきた薄い男にアシャまでもが何故か横向きになって問いました。

「そうとも。自分は知っておる。トンネルの向こうの〈釘屋〉だな。あの馬鹿げた居酒屋だ。だしの代わりに古釘を放り込んで鍋を炊く――」

アシャはそんな居酒屋など聞いたこともありません。

「放り込んでるのは釘だけじゃない。恐れ多くもカラス様だ。あれは鴨なんかじゃない。ハシブト様だ。それもこの操車場で射ち落としたやつに違いない。自分には分かっておる。あんたがそいつで小金を稼いでることも」

とんだ濡れ衣だとアシャは仰天したのですが、その一方で、この街のどこかにいるかもしれない「カラス射ち」の姿が妙に逞《たくま》しく浮かび上がってくるのを荒野に吹く風の向こうに見たのです。

「ほほう」

アシャの長々とした説明を聞かされたオーシンイは、「それで思い出したのは」とまた一ミリばかり焼酎を口に含んで目を潤ませました。

「昔、オールナイトで観た白黒の映画にユウジロウそっくりの武士が出てきた」

「ユウジロウが演じていたんではなく？」

「ああ――。なるほどそうだったのかもしれないが、とにかくその武士が、サンゼンセカイのカラスを殺してどうのこうのと——」

「サンゼンセカイ?」

「そう。そのサンゼンセカイとは何のことかと、時々、思い出して辞書を引いてみようと思い立つが、何故か引いてみたいときに限って辞書が姿を消す」

「サンゼンセカイだから三千の世界ってことかな」

アシャも辞書を引いてみないことには分かりません。

「しかるに三千とは何ぞ」

オーシンイは急に何かを思い出したように自らの財布を取り出し、慌ただしく中をあらためて、

「三千円きりだ」

何かと何かの間を横ばいですり抜けてきたような薄い財布でした。

「持ち金、ありったけ全部」

「おそらくそんな意味だね。ユウジロウが演じた男なら、たぶん豪快に片っ端から全部——」

「ふうむ。それはまた厄介な仕事だな。なにしろ武士なんだから。刀でカラスを一羽ずつ斬り落とすということになる。ユウジロウにはピストルの方が似合うだろうに」

突然現れた「ピストル」という言葉がアシャの胸の中でみるみる温度を持ちました。しかし、それはほんの一瞬のこと。すぐに熱は冷め、代わりに冷えた銃口がせり上がって、喉から口へ突き出てくるのではないかとアシャは冷たい脂汗をかいたのです。

*

人が少なくなった街は残された者が歩き回るためにあるのかと、アシャは閑《ひま》を持てあまして午後から夕方までうろつきます。相変わらず「金で買えないものは」と呟きながら、建物に映った大きな電信柱の影を見上げます。影。これは確かに買えるものではありません。

電気。しかしこちらは買うことが出来ます。

おかしなことだとアシャは腕を組むのです。目に見えてそこにある影は買えず、見えない電気にはお金を払います。

兎《と》にも角《かく》にも目の前にあるのだから、売る気になれば売れそうなものだけど、影を売る術などそう簡単に思いつきません。もしすべてがうまくいって売れたなら、それこそ影はカラスの肉のようにふんだんにあるわけですから、とんでもない鉱脈を掘り当てたことになります。

「阿呆阿呆」

時々、カラスどもの声がそう聞こえることもありますが、アシャはコンビニで水を一リットル買う度、昔は水など買わなかったし、売ろうにも売れなかったはずだと思うのです。そういえば、空気を缶詰にして売る商売もありました。

アシャは街の中の影を渡り歩きながら、〈影の缶詰〉なる買えない商品を夢想しました。水や空気といったどこにでもあるものは区切りをつけてしまうことが肝要です。瓶に詰めたり缶の中に閉じ込めたりして、そこいらのものとは違うのだと一線を引いてしまうわけです。

問題は、喉が渇くように影を求める客がいるかどうかです。

――いや、これは大問題だな。

夕方が終わって街から影が消えてしまうと、アシャはいつもの酒場に潜り込み、やはりひっそりと身を置いているオーシンイと互いの一日を報告し合いました。

「今日は往診がひとつあったよ」

オーシンイはまだ飲み始めたばかりで、なみなみとつがれた透明な酒を大切そうに口に運んでました。

「線路際の患者さんでね、俺は近道をするために線路の上を歩いていった。線路といっても操車場から突き出た車庫行きのやつで、電車はほとんど通らないし、何より道に迷うこともない」

「なるほど」とアシャはいつもの強い酒を手元に置きました。「それで?」

「いや、ところが保線係の男に見つかっちまってさ。そいつがやたらにひどく怒るんで、急患なんだと言ってやった。すると、男はくいっと体を横にし、横になったまま後ずさりなんかして、キューカンとは何ぞという顔で俺を見返しやがった。おい、俺はこう見えて本物の医者だ、それもオーシンイなんだぞと名乗ると、あいつは、イシャだって？　ははぁなるほどと分かったような顔をして――」

オーシンイはそこで一ミリの間をおいて、すぐに先を続けました。

「分かったぞと、その男は横目でこちらを睨んで、お前はあのアシャとかいうカラス射ちの一味だなと訊くんで、一味という言い方はどうかと思いながらも、まぁそんなところだと答えてやると、なるほどアシャの次はイシャときたか、ハハ、と鼻で笑いやがったのだ。なるほど次に狙うのは九官鳥なのか。九官鳥の肉などひとつも旨くなかろう。喰ったそばからオハヨウとかなんとか言葉が乗り移るかもしれんぞ――とか何とか訳の分からんことばかり言いやがって」

「それで？」

話を聞くうち、アシャは笑い出しそうなるのをこらえていました。

「うるさいから、一発くらわしてやったわ」

ゲンコツを示し、オーシンイはそこですかさずニヤリと笑いました。

「それは――暴力はよくないよ」そう言いながらも、アシャはとうとう笑いが弾《はじ》け、「で、あいつは？」とヨコバイの身を案じたところ、

「いや、ゲンコツがちょいと擦《こす》っただけで。なにしろ薄っぺらい男だから当たりゃしない」オーシンイはユウジロウの声色で頷き、それからまた一ミリだけ焼酎を口に含むと、「すっかり患者を待たせちまったぜ」と男らしく言うのでした。

「その患者というのは線路脇の影のような家に住んでいて、それはまったくもって俺の面目躍如だった。そういう影の中から身動き出来なくなった人をひとりひとりゆっくり診て回るのが俺の役目だ」

どうやらオーシンイは三ミリばかり飲んだだけですっかり酔いが回ってしまったようでした。

「それで、帰りにトンカツを食べた。他にもハンバーグや焼売《シュウマイ》やナポリタンのことが頭をよぎったが、ここはひとつトンカツだろうと揺るぎなく決意した。大げさなことを言うようだが、トンカツという食べ物が身近にあるのを心から感謝した」

オーシンイは、食べたのはもちろんヒレではなくロースで、絶対にロースでなけ

ればならず、衣がサクッと口の中で立って肉は歯ごたえがあり、ソースは変な味のしない普通のもので——と妙なこだわりをひとしきり講じました。

「それで初めてものを食った実感がある」

キューカンを診た帰りに「とにかく食べる実感を確かめたかった」と力説するオーシンイに、アシャは「街というのはうまい具合に出来てるもんだ」と感心したのでした。

以前にも同じように思ったのは、墓参りの帰りに誂《あつら》えたようなそば屋が目の前に現れたときです。墓場であの世に挨拶をした帰りしな、少しの酒であの世を振り落とし、そばを食べるというより、たぐっては口に運ぶ。その動作の繰り返しとそばと酒の味が、しだいに腹の底でこなれて「実感」を甦らせる。こういうときにはこんなことが必要なのだと街は知っているのでした。

「そばと言えば」

オーシンイは、そばと聞いて酔った目を開き、アシャの考えている「買えないもの」のひと品に俺の「時そば」を加えてもいいかもしれないと妙なことを言い出しました。

「時そば」は落語の演目で、短い噺《はなし》の中に二度、そばを食べる場面があります。オーシンイには若い時分、落語家を目指した数年があり、そのときの十八番が「時そば」でした。正確に言うと「時そば」の中のそばをかき込む形態模写が得意中の得意なのです。それだけは誰もが認めるところで、一ミリの酔いが積み重なって四センチほどになってくると、彼はその芸を披露して居合わせた者たちの喝采《かっさい》を得るのでした。アシャも何度か見せられましたが、何度見てもすぐ目の前で本物のそばを食べているようにしか見えません。

「コツがあると言いたいが、俺にはそんなもの分からんし、とにかくひたすら見えないそばを食べるだけだが、食べる振りをするうち、ちゃんとそこにそばのかたちが見えてくる。かたちだけじゃなく、味も匂いも本物のそばを食べるときとまったく同じだ」

確かにそれは「買えないもの」に違いないけれど――アシャは小声で自分に言い聞かせました。仮にそれが売れたとして、はたして客が手にするのは「実感」なのかどうか。

「うんうん」とオーシンイは頷いてアシャの肩に手を置きました。「そこが問題だね。これからは実感こそが飯の種になるんだろうが、何よりもそいつを手に入れるのが楽じゃない」

それを聞いて、アシャはまたピストルのことを思い出していました。

＊

ボトリ——と何ら味わいのない音と共に釘が落ちてきたのは、数カ月前のある夜ふけのことです。アパートの部屋で本を読んでいたアシャの背後に、それは得体の知れない異物として転がっていました。転がった黒く細長いものと、天井の一角を見比べるうち、アシャはそっくり同じ黒いものが三つ天井に打たれているのを目敏《めざと》く見つけました。四つ足のうち二本までもがぐらつく壊れかかった椅子を持ち出し、アシャは拾い上げた釘をつまんだまま、ぐらぐらとサーカスの曲芸よろしく椅子に飛び乗りました。

天井に顔を近づけ、抜け落ちたと思《おぼ》しき辺りを見据えながら天板の一つをじっくり点検すると、四つの釘のうちの一つがなく、あとの三つは手にしているものと同じ黒い釘が打たれていました。しかし、妙なことにその黒い釘を使っているのはその天板一枚だけで、他にはそもそも釘など見当たりません。

さて、どうしたものかとアシャが考え込んでしまったのは、彼の部屋には金槌《かなづち》がなかったからです。穴に釘を宛てがってみると何の抵抗もなくするする入いり、どうやら釘は打たれてからずいぶん時間が経過しているらしく、穴の周りが風化して脆《もろ》くなっているようでした。試しに他の三つの釘に触れてみると、触れた途端に一つは抜け落ち、残りの二つも少し指先に力をこめただけで呆気なく外れてしまいました。当然ながら四隅の釘を失った天板は剝《は》がれ落ちるはずですから、そうならないようアシャは左手で天板を——三十センチ四方ほどのベニヤ板を——必死に支えました。

その重いことといったら。

ベニヤではなく特殊な木材でも使っているのか、板一枚を支えるだけで手が震え、そのうえ椅子までもがぐらついているわけですから、まさにサーカスの軽業師《かるわざし》です。そのままソロリソロリと椅子からおり、頭の上で水平を保ちつつ掲げていた板をゆるゆるおろしました。そしてアシャはそこに目にしたものに、うっ、と声をあげたのです。うっ、とも、ふっ、とも、はっ、とも取れる、その三つをすべて一度に口にしたような、とてもまともな言葉にならない驚きの声でした。

「これは——」

板の上には一挺のピストルが載っていました。

重さの正体はまさしくそれで、ぐらついた椅子に板ごと置き、しばらくアシャは見とれていました。落ちてきた釘の黒さと同じしっとりした黒いかたまりで、天井裏の埃《ほこり》がうっすら降り積もり、ところどころ灰色やら銀色やらに見えました。

アシャはそれを本物のピストルだとはなかなか思えませんでした。首を傾《かし》げて銃口を覗くと、しっかり暗い穴が開いているのが分かり、一瞬ヒヤリとしたものが背中を走りました。それでもまだそれが本物とは思えなかったのです。

そのくせ、なかなか手を触れることが出来ず、右から左から慎重に観察し、それから人差し指で少しつついて、そのずしりとした手応えが指先に伝わってくるのにまた少しヒヤリとしました。

「これは——」

同じことをまた言って、「いや、ニセモノだ」と首を振り、「しかし」と言ってみたり、「それにしても」と目を近づけてみたり。

「とにかく」

何がどう「とにかく」なのか分かりませんが、アシャは台所の流しに置きっぱなしになっていた食器を洗うための桶《おけ》に水を張ると、そろそろと運んできてぐらついた椅子の脇にこぼれないよう静かに置きました。後から考えてみてもそれが正しいことであったのか分かりません。ですが、「とにかく」とアシャは意を決し、ピストルを手のひらに載せると、その重さにあらためて驚きながらそのまま速やかに洗い桶の中に移動させました。

ピストルの構造がどうなっているかなどアシャには見当もつきません。ただ、とにかく引き金さえ引かなければ恐ろしいことにはならないはずで、それだけは間違いないだろうと思ったのです。

とにかく水に浸してしまおう。そうすれば埃も洗い流せるし、危険な何か――火薬なのか何なのか分からないけれど、そういったものが水にまみれて無効になるに違いない。断言は出来ないけど、たぶんそんなところではないか――きわめていい加減な知識を総動員してアシャはそう考えたわけです。

そのときの板の上から水の中までの数秒の重さ。ピストルが桶の中で身を横たえたときの不穏な響き。埃は水に溶け、真っ黒な銃身は水底で息をひそめる深海魚のように細かい泡を銃口から吐きました。

そのままアシャはピストルを眺め、何の確信もありませんが、「もういいや」と呟き、水の中からそいつを取り出し、思い切り悪く握りしめました。手にした重さというか重苦しさというか、片手で持つのがままならないほどの重量で、しかしそれがやはり人の手に馴染むよう作られているのが、その冷たさに反してしっくり伝わってくるのです。

水をしたたらせながらもある温度を伴い、陸へ上がって進化を遂げた生きものの固い甲羅に似たものが、指の先の柔らかい部分に吸い付いてくるのをアシャは感じました。

それから読みさしの本が伏せられた畳の上に濡れたピストルを横たえ、アシャはそれが釘を打たれた天井裏に隠されていたことをあらためて理解しようとしました。混乱しつつあった頭を整理し、「とにかく」と繰り返し、手のひらに残された感触をひとまず乾いたタオルで丁寧に拭い取りました。

それから一晩、アシャは黒い四本の釘と、黒々としたピストルと、天井に開いた三十センチ四方の暗い穴と共に過ごしました。いつのことか——先住者かその前か、もっと昔のことか、どんな理由によるものか、とにかくこの〈シャトーナントカ〉204号室の住人が秘匿したものに違いありません。

わざわざ釘を打って落下を防いだのですから、やはりこれは本物なのでしょう。何かを射ったか、射つために準備していただけか、あるいは偶然拾ったのをどうしていいか分からず頭上に隠したか——。

はてしない推測がアシャの頭の中で星雲のように渦巻いていました。

＊

それにしても、不意に遠くサイレンが鳴るのは何故なのでしょう。操車場から聞こえてくるその音を耳にすると、アシャは眠っていたものを呼び覚まされ、ついつい布団から這《は》い出してしまうのです。

——あれはヨコバイが鳴らしているに違いない。

カラスを射る者への警告か、それとも無防備に集うカラスたちに「逃げよ」と告げているのか。ひとつ確かめてやろうとアシャは長いトンネルを歩いてゆくことにしました。

トンネルの向こうの〈釘屋〉の話をしたのはヨコバイです。話通りのそんな居酒屋が本当にあり、カラスの肉が鍋の中で煮えているのでしょうか。

アシャはその長いトンネルが好きではありませんでした。幾つものレールが並ぶ操車場の地下にある、あちらからこちらへ、こちらからあちらへと往来する抜け道です。昼であっても夜のように暗く、人の姿などまるでなく、時おり頭の上からガタリガタンと列車の音がくぐもって聞こえます。

こちらからあちらへくぐり抜ける間にアシャは何度も左右に目を泳がせました。というのも、アシャにはこのトンネルに交差するもうひとつのトンネルがあるような気がするのです。見えるはずもないその地下道に行く方法を考えていると、地上でカラスどもが「阿呆阿呆」とアシャを笑います。

アシャの考えはこうでした。

もうひとつのトンネルは横ばいにならなければ通れないトンネルで、きわめて痩《や》せ細って薄く、それこそ紙のように薄い一本の道が交差して幻の十字路を作り上げている。が、充分に注意していればその幻に気付くはずです。

アシャは長いトンネルを一ミリずつ歩む思いで、ほんの一瞬目に留まるかもしれない隘路《あいろ》を横目で探るのでした。うまくすればその薄いトンネルから現れるヨコバイに出くわすかもしれません。印刷機から一枚の大きなポスターが吐き出されるように、トンネルの壁のどこかから、突然一ミリ厚のヨコバイが音もなくスライドしてくるのです。剃刀《かみそり》で垂直に切り裂いたきわめて薄い坑道から。立ち上がった影のように。

ひとたびそのポイントを押さえてしまえば、あとはヨコバイの要領を真似てひたすら横向きに壁の中に突き進めばいいのです。ただしその横丁がはたしてどこに続いているのか、そこのところはアシャも考えたことがありません。あるいはその薄い世界には、売りものにふさわしい影が待っているかもしれないと都合のいい夢想をします。

「阿呆阿呆」とカラスが鳴きます。いつもアシャはこの長いトンネルを抜ける間、そんな馬鹿げた絵空事を描き、ようやくあちらに抜け出た頃にはぐったり疲れているのでした。

抜けるのに余りに時間が掛かり過ぎるのか、あちらに辿り着くと必ず夕方になっていて、電車の見物に来ていた少年たちも姿を消し、人影と思えたものは古アパートの玄関脇に立つプロパンガスのボンベなのでした。

金網の向こうの操車場も静かです。

北に向かう青い寝台特急に灯がはいり、一番星がのぼる夜の出発を従順な犬のように待っています。

街灯がつきました。

操車場に並ぶ無数の信号機が近く遠くに赤いランプを光らせます。

しかし、ヨコバイの言う居酒屋の赤提灯《あかちょうちん》は見当たりません。古釘を仕込んだ鍋がどんな湯気をたちのぼらせるのか、もちろんアシャは知りません。路地に流れる匂いもなく、射られたカラスのむしられた羽根の一枚さえ見つかりません。

となると、アシャがトンネルに夢見る幻の十字路があるように、ヨコバイにも、横歩きの横目で見た彼なりのトンネルの向こうがあるのかもしれません。

カラスを射つ者など、元よりいないのです。

ただ、今はアシャ——鴉射の名前にその幻が宿り、横手から不意撃ちのように立ち上がったその幻にすっかり丸めこまれて、アシャはその名にふさわしい人物を自らに仕向けようとしていたのかもしれません。

それはもう病気です。

ピストルに触れてしまったあの夜から、アシャは偶然の連なりが自分の右手を震わせていることに気付いていました。アシャと名乗った途端、ヨコバイに濡れ衣を着せられ、その濡れた衣が乾かぬうちに天井からピストルがおりてきたのです。確かに東京の逞しいカラスを石ころひとつで射止めるのは至難の技ですが、さすがに鉛の銃弾であればひとたまりもないでしょう。

――サンゼンセカイのカラスを殺し。

まさか僕が、と脅えながら、アシャは名前につられて自分がその銃弾を放ってしまうのではないかと右手が疼《うず》いて仕方ないのです。

そのうえ、偶然の連なりは買えないものを売らんとするアシャの企みに伝染しました。

――いや、そうじゃない。僕の思う買えないものはピストルやカラスじゃない。

何度か首を振りましたが、いつの間にかアシャは操車場の荒野に立ち、影なのかカラスなのか、最早どちらなのか分からないものに銃口を向けている自分を思い描きました。

——いや、そうじゃない。

次第に恐怖に囲まれたアシャは、金槌を手に入れてピストルを天井裏に戻し、四隅に黒い釘を打って「偶然」を封印しました。それでも夜の部屋で静けさに耳を澄ませていると、今にも頭上からボトリとまたあの釘が落ちてくるのではないかと首をすくめてしまうのです。

——ドン、ドン。

と乱暴に部屋のドアを叩く者があって、アシャはびくりと首をすくめたまま耳を塞《ふさ》ぎました。

——オイ。

と、ア行で呼びかけるのはヨコバイの声でしょうか。

——ドン、ドン。

更に強く、確信をもって叩かれるドアの音に、アシャは全身をこわばらせました。

——何があった？　ドアを開けてくれ。このところ酒場に姿を見せないんで心配してた。君はキューカンになったんだろう？　俺は医者だからすぐ分かる。
オーシンイでした。

ルパンの片眼鏡

かつて、ルパンと呼ばれた男が僕の住むこの街で隠居を決め込み、路地の奥の一軒家に女のひとと普通に暮らしていた。

普通にといっても、それはただ怪盗稼業から足を洗ったということに過ぎず、実際のところどうして生計を立てているのかは分からなかった。女のひとが働いているのかとも思ったが、やはり怪盗の老後は——とルパン自身が言ったのだ——若い頃にこの都から盗み取ったものを処分しながら細々とやってゆくのが流儀だと、まるで老人らしくない顔つきで虚勢を張った。

ルパン、などとつい呼び捨てになったが、僕自身は師匠のことをそんなふうに呼ばない。女のひと、というのも同じで、むしろ僕は師匠をルパンと呼ぶことより、カヲルさんを「女のひと」などと呼ぶ自分に背中がむず痒くなる。

あったまってゆきなよ、とカヲルさんはいつもそう言った。真夏を除くどの季節にも、師匠を送り届けて玄関先に立つと、甘酒が今日もあるよ、とおかしな言い方で誘われた。こっちの水は甘いゾとでも言いたげな口調で、その言葉自体が甘いものであるかのように帰ろうとする僕を引き止めた。甘酒が今日もある、の「今日も」の甘さにほだされ、そうして僕はいつからか師匠の家に入り浸るようになった。

そもそものきっかけは路地裏に始まる。

雨上がりの濡れた路地に蹲《うずくま》り、ズボンの膝頭に雨が沁みるのも構わず、その人は水たまりの中を覗き込むようにアスファルトに顔を近づけていた。そのときの這《は》いつくばった姿が野良犬ではなく探偵の背中に見えて、それもきわめて古典的な風情を漂わせる指の細い名探偵に見えた。

探偵小説の読み過ぎだろうか。

じつを言えば、誰かにそう揶揄《やゆ》されるのはむしろ名誉なことだった。僕は古典的な大学の古典的な学部に籍を置きながら、そんなものはそっちのけで探偵小説ばかり読んでいた。その大学を選んだ理由もそこに優秀な〈探偵小説読書倶楽部〉があったからで、その倶楽部の正式な部員になるために入学したと言ってもいい。

この倶楽部が輩出した読み手の多くが筋の通った研究家として世に認められていることが注目され、それだけに入部の審査は大学そのものに入るときより遥かに難しかった。僕はその頃まだ正式な部員ではなく、〈六人の侍〉と呼ばれる予備部員の一人で、六人のうち三人がいずれ正式部員に格上げされる習わしだった。そのためにはひたすら読むしかない。それもただ読むだけでは済まされず、「読み」を通り越して「読み過ぎ」と称し称されないと〈浪人侍〉のまま終わってしまう。だから、夕方の路地に蹲った男の背中が、虫眼鏡で証拠物件を探る探偵の背中に見えたのは「読み過ぎ」の兆候としては悪くなかった。

が、事実は探偵小説より奇なりで、外套に身を包んだ黒い背中の持ち主は探偵に追われ続けた怪盗の方だったのだからややっこしい。

では何故、怪盗が——それも名だたる筋金入りの怪盗がそんなところで膝を濡らしていたのか。

「どうしたんです?」と訊いた僕の声に、

「いや、コンタクトをね」とその人はこちらに振り向いて僕を見上げた。

ルパンを名乗ったのはずっと後だが、その最初の振り向きざまでその人が探偵なのかどうかはともかく、只者でないことが窺い知れた。

「コンタクトをね」と言いながら振り向いたその目は、右の瞳は青く透明なのに左はごく普通の黒い瞳だった。高貴な血を引く猫の一種にそんな色違いの目を持つものがあったが、猫が化けて出たにしては長身で声が低い。立ち上がって僕を見おろし、「まぁ、いいとするか」と顎《あご》を撫でて何事か考えていた。

「目のひとつくらい、くれてやろう」

そう言ったように聞こえたが、コンタクト・レンズを落として言うセリフとしてはずいぶん大げさに聞こえた。

「くれてやる?」と訊き返した僕も僕だが、「くれてやる、くれてやる」とその人は繰り返し、「返すときが来たんだ」と更に分からないことを付け加えた。

思えば、師匠がそのとき口走ったことはその場の思いつきではなく、長らく考えあぐねてきたことに見切りをつけた瞬間だったと今は分かる。

おそらく、湿った路地に足を取られ、そのはずみで落ちたコンタクト・レンズはたぶん左目のものだ。となれば、それは青いカラー・コンタクトに違いなく、無様に転んだこともショックだったろうが、青い瞳が片方はがれ落ちてしまったことで、ルパンの名を背負う怪盗としての自信もそこに落としてしまったのだろう。

僕はそうして師匠と出会い、

「くれてやった目の代わりが君か」

そう呟いた後で「じゃあ、ついてきな」と言われるまま辿り着いたのが路地の奥の玄関だった。

「おう」と師匠が声をあげると家の奥から甘い匂いが漂い、それが甘酒の匂いと分かるのと同時に肌の奇麗な女のひとが現れた。それがつまりはカヲルさんで、誰なのこの子、と訝《いぶか》しむ声に、師匠が青みを失った瞳を指さして「俺の片目だ」と簡潔にそう答えた。

＊

といって、ただ「今日も」の甘酒にほだされただけではない。玄関の奥の甘い香りはついでのおまけで、路地裏にへたり込んでいたその人を僕が「師匠」と呼ぶようになったのは、その人の「声」にほだされてしまったからだ。いや、声にほだされたと思えるのは、やはり声が繋いでゆく言葉の力だろうか。

その声は——師匠の紡ぎ出す言葉は——いつでも街について語っていた。こんなふうに言うと、あるいは師匠の声を滑らかなものとして想像するかもしれない。が、師匠の声は路地のアスファルトに似てざらざらし、ルパンと名乗るからには流麗なフランス語でも交えるのかと思いきや、交えるのは「ちくしょう」「くそったれ」「うるせぇ」の三つ。何をするでもなく路地裏を歩き、路地を抜け出て通りにぶつかり、それから通りを悠々と渡って大通りまで出る。そこで開口一番、三つのうちのどれかをざらついた声で吐く。さらには——、

「お前たち」

と、いつも師匠は誰かに向けて語りかけた。視線の先には見上げるばかりのビルがあり、ひっきりなしに行き過ぎる車の群れがある。それらに向かって「お前たち」と呼んでいたのか、それともその向こうに誰かが立っているのを青と黒の二色の目が見抜いていたのか。

どちらにしても、見抜けない僕には師匠の声が街そのものに向けられているように見えた。

「俺はもう」と師匠は言った。

「お前たちから」

——そこでひと息。

「盗みたいものが何もない」

ちくしょう。くそったれ。うるせぇ。云々《うんぬん》——。

読んで読んで読み過ぎて、僕はもう探偵小説というものが一体何なのか分からなくなっていた。それでもまだ読み、読めば面白く、面白いと思う気持ちを自分で理解出来ないまま師匠に呼び出された。

呼び出されるときは電話だった。師匠は僕の名前をいつまでたっても覚えない。

「君の名前は何だったかな」

電話の向こうで首を傾げているのが分かった。

「まぁ、名前なぞ、どうでもいい。俺にとってお前さんは〈片目〉だ。カタメ。そう呼んでもいいか」

それで僕の名はカタメとなり、

「そういえば、片目のジャックなる奴がいたっけ」

さらに連想が働いて遂にはジャックなどと呼ばれることにもなった。

「おい、ジャック」と呼ばれ、「はい」と返事するのもなんだか馬鹿らしい。が、馬鹿らしさを通り越して師匠の呼び出しに応じていたのは、師匠がこの街を誰よりも深く理解しているのを知っていたからだ。ついでにもうひとつ言うと、それが、読み過ぎて分からなくなった探偵小説の正体とどこかで繋がっているような気がしたのだ。師匠はこう言った。

「街は終わらない。終わらないのが街だ」

それが街のいいところで、そんな街に惚れて惚れ過ぎたのが怪盗ルパンなんだと他でもない当のルパンがそう言った。

惚れたあまりにちょいと頂きたい。本当なら街ごとごっそり頂きたいが、そうもいかないので宝石をひとつ。この美しい街の思い出と引き換えにちょいとひとつばかり。

いや、ひとつじゃ足りねぇ。

もうひとつ。もうひとつ。もうひとつ——ときりがねぇ。

そうして終わりがねぇのが街の手に負えないところで、そうなるってえとつまり、怪盗ってもんを辞められなくなる。

いいか、カタメ。ここが大事なところだ。街に魅力があるから怪盗が現れる。俺も今年で幾つになったか、指折り数えるのもイヤだが、ここまで生き永らえてきたのは街がいつでも美しかったからだ。

街が怪盗を育てたんだ。いや、笑いごとじゃない。

だがな、もういい加減、俺も疲れてそろそろ足を洗いたい——そう望んでも街の野郎がまた姿を変えて俺を誘いやがる。こうなりゃ、俺を捕まえる名探偵が現れるのを待つしかねぇと思ったが——。ジャック、探偵っていうのはあれはあれで不思議なもんだ。とうに俺のことを追い詰めてるのに、のらりくらりとやって、なかなか捕まえに来ない。こりゃあ、あっちも楽しんでるなと俺は悟った。つまり、探偵なんてものは、あらかたどいつもこいつも街の洒落《しゃれ》を知らんわけで、洒落を知らなきゃ冒険も出来ない。それで仕方なしに彼らは謎を探し回る。洒落ってもんは煎じ詰めれば謎かけのことだ。そして、謎の種を蒔いてるのはいつでも洒落を求める俺らだ。いや、そうだった。

——と、そこで「だった」と過去形が出てくるのが、この話のポイントである。

「もう、目ぼしいものがなくなった」

そのとき師匠は過去形を使って溜息をついた。

「探偵には分からんだろうが俺たちには分かってる。もうこの街には盗《と》るべきものがなんにもねぇ」

いや、まったくないというわけじゃなく、少しは残っているかもしれないが、そいつを命がけで盗んでやろうという気が起きない。どこまでいけるものかとここまで来たが、もうここまでだ。街は相変わらずのようだが俺にはもう洒落が見えん。ひとつも見られない。

もう何も欲しくない。

＊

いつだったか、師匠が「ちょいと」と銭湯に行ってしまい、甘酒の匂いが漂う茶の間で僕はカヲルさんと二人きりになったことがある。

ハヤト君、と何故かカヲルさんは僕をそう呼んだが、カヲルさんはいつかどこかで僕によく似たハヤト君なる青年と出会い、その記憶がそのまま僕の呼び名に成り代わっていたのだろう。

「ハヤト君はどうしてあの人を師匠と呼ぶわけ？」

いきなりそう訊かれ、「それはですね」と言ったきり言葉に詰まった。そのうえカヲルさんが「それでハヤト君は怪盗になりたいの？」と恐ろしいことを言い出し、まさか、そうです、怪盗になりたいんですと答えるわけもなく、いえ、たまたま路地で出会って片目と見なされたから——というのも正しくなかった。

強いて言うと、盗むものがなくなった怪盗と、学校をサボって探偵小説研究家を目指していた僕が、互いに閑を持て余して路地裏の十字路で出くわしたまで。つまり、二人とも世間に背を向けていたというか、ただの閑《ひま》な二人と言えばそれまで。いずれにしても、どうせならと肩を並べてうろつくうちに、隣を歩くその人の呟きを、いつからか僕は「師匠」の言葉として聞くようになっていた。だから、師匠が本当にルパンであるかどうかなど二の次なのだ。

「僕は師匠の言葉の弟子になりたいんです」

そう答えたものの、カヲルさんは、何のことやら、と首を振っただけで、無理もない、僕も未だによく分からないのだ。

ただ、一つだけ分かっていたのは、探偵はしばしば犬に喩《たと》えられるように、街を歩き回るのが何よりも似合い、野原や海辺を探っていたのではそのうち学者か猟師に勘違いされかねない。となれば、僕が究めようとしている「探偵小説」なるものは、本来、街をめぐる小説であるべきだ。師匠が言うように世間から怪盗と見なされるほどの手強い犯人が路地を逃げ回ってくれなければ、探偵が探偵らしくあるための街が失われる。つまり、僕の好きな探偵小説は、まっとうな街が滅びればこの世から消えてなくなる運命にある。

「だから僕はもう一度ルパンに」――カヲルさんにそのときそう言った――「もう一度、何かを盗んで欲しいんです」

「なるほどね」

カヲルさんは、そこのところだけ話が通じたのか、ふうん、と頷くなりシャツの腕をまくり上げ、

「出来ねぇなぁ」

師匠の声色と顔つきを真似て腕を組んだ。

「この頃はもう盗るんじゃなくてお返ししたいと、そんなことばかり言うの。変な

人でしょう？」

これまでは誰にも気付かれぬよう盗んできたけど、今度は誰にも気付かれないよう返してみせる。この街を美しく見せていた洒落たものを俺は山ほど隠し持ってるから、そいつをひとつひとつこっそり返してゆくというのはどうだ。いや、強引にでも返してやろう。

強盗じゃなく強返だ。でないと、いつか手遅れになると思う。手遅れってのはつまり街がごっそり消えてなくなるってことだ。

「今はもうあっちが大怪盗なんだから」

後になって僕も師匠の口からその言葉を聞いた。

「だから、返して返して、本当に美しいものを思い出させる。これが俺の最後の仕事になる。それでひととおり返し終わったら、都の果ての中華料理屋で五目チャーハンでも喰らって潔く向こうへ行こう」

この、いささか唐突な「五目チャーハン」はカヲルさんの話にも登場していた。

「そんな店、もうきっとないでしょうけど、あの人が言うには、逃げて逃げて逃げのびた先にはいつも壁が立ちふさがって、そこがたぶん都の果てだろうから、そこまで来ればもう安心だと自分で決めてたみたい」

それがどの辺りなのか、カヲルさんも知らないと首を振ったが、話を聞くうち、壁の向こうに大きな川が流れ、水の匂いと気配が夕方の闇を伝って怪盗を包み込む様が頭に浮かんだ。

そこには誰もいない。ひと仕事終えたあとの充実感があり、逃げのびた安堵感から怪盗の空腹が大きな音をたてた。

突き当たった壁は、おそらくそのときそのときで違ったろう。東の川に突き当たったこともあれば、西に逃げて壁に背を当てて息をついたこともあったろう。壁の近くにはきっと一軒の中華料理屋がある。色褪《いろあ》せた「味自慢」の暖簾《のれん》をくぐると、誰かが注文した五目チャーハンが大きな鍋の中で踊っていて、怪盗はジンクスのようにそいつを注文して平らげる。それが仕事の最後に打つピリオドだ。そこがパリであればセーヌのほとりでシャンパンを自分に奢《おご》るところだが、この都の川のほとりにはそんな洒落は見つけられない。とうにパリを追われ、河岸を変えて零落《れいらく》したルパンにはそれがふさわしい。

　生みの親のルブランが聞いたら泣くだろう。

　そういえば、ルブランはルパンの目の色を何色と決めていたのか。中華料理屋の親父が見たのは、はたして本当に青い目の怪盗であったか。

〈六人の侍〉の一人として、僕はときどき師匠の目の色について探偵小説的見地から考えた。なにしろ片目を落としたところが出会いになり、以来、目の色は左右違うままなのだから、どちらが本物の色で、どちらがコンタクトなのか本当のところを知らない。カヲルさんに訊いても、さあて、とはぐらかすばかり。「ちくしょう」を連発する師匠の声だけを聞けば、まるでセーヌのほとりには結び付かないものの、街を歩くときの身のこなしを観察する限り、決して青い目であっても不自然ではない。ルパンが変装の達人であったことを忘れてはならない。

　それに、ルパンのトレード・マークといえば、シルクハットにマントと、そしてあの気障《きざ》で小粋な片眼鏡だった。

*

おかしな二人、というタイトルの映画があり、カヲルさんに度々そう呼ばれ、僕自身も師匠と二人で街を歩くとそのタイトルが頭に浮かんだ。

僕がしきりに師匠と呼ぶので、いつのまにか師匠も僕を弟子と見なすようになったが、そこに何が受け継がれているのかは二人にも分からない。

でも、まぁいいや、と僕は気楽に考え、まぁ、よかろうと師匠も気に留めなかったのだから、やはり、おかしな二人だ。

大体、弟子であるなら師匠の仕事を手助けするべきなのに、「これが俺の最後の」と宣言したその仕事の中身を僕は理解していなかった。というより、師匠が一体いつどんなふうにその仕事をこなしているのか、まずもって謎だった。

「強返」などと耳慣れない言葉をでっちあげて意気込んでいたけれど、やはりそれは盗むときと同じ夜中の仕事だったのか。得意の変装で身なりを改め、月のない晩を選んで夜の巷《ちまた》を走り抜けたのか。

大きなバッグを抱えていたかもしれない。そこに、この都から盗み取った数々の逸品を収め、美術館やら博物館やら高級宝石店やらに忍び込んでは、そっと返却して回る。

いや、それとも、「ルパン参上」と走り書きした果たし状を壁にナイフで刺し、「ここに返却す」と高らかに謳《うた》ってみせたのか。もし本当にそんなことを街が寝静まった夜に決行しているのなら、盗まれたときと同じように新聞記事にならないはずがない。

が、もちろん新聞にはルパンのルの字も見つからなかった。それに、昼間の師匠の様子を窺う限り、夜な夜なそんな大犯罪――なのかどうか――を繰り返しているようにはとても見えない。

そうして「ル」の字を探して広げた新聞の上で足の爪を切っていたら、探偵小説の本の山の間からけたたましく電話が鳴った。

「ちょいと珈琲《コーヒー》」と不意撃ちのように師匠の声で呼び出しがかかった。日課とまでは言わないまでも、頻繁にそうして「ちょいと」と声がかかり、そのつど「俺のカタメ」などと呼ばれたら、何はさておき行かずにおれない。

ロケット形の奇妙な滑り台がある公園で待ち合わせし、薄暗いガード下をくぐってお馴染みの商店街に抜け出ると、師匠は買いもしない婦人洋品店の前に立ちどまって長いあいだ商品を眺めていた。変装用にと物色していたのかもしれない。ショウ・ウインドゥのマネキン人形の目を覗いて、「遠くを見てやがる」と呟いた。

それを言うなら師匠の右目にしても同じだ。好みの黒で統一した服やら帽子のせいか、そこだけ透明な青い右目が何もかも透かして遠くを見ている。

僕はもう見慣れていたが、商店街ですれ違う人の多くは師匠のその目にぎょっとなった。そういうとき僕はつい面白がって「じつはこの人、怪盗ルパンなんです」と吹聴《ふいちょう》したくなった。が、言ったところで信じる人がいるわけもない。それでもいいから「この人をよく見てください」と声をあげたくなったのは、すっかり僕が弟子になりきっていた証拠だろう。

「師匠ってものはさ」

珈琲を飲みながら師匠が言った。

「弟子がいなけりゃ師匠と言えないんだ」

師匠らしい物言いに最初は笑ったが、しばらく考えるうちに笑えなくなった。

師匠はさらに饒舌になり、探偵ってものは犯人がいない限り探偵にはなれないねぇとか、しかし、犯人は探偵などいなくても自立できるだけに孤独なもんだねぇ、としきりに頷いた。頷きながらこちらを見る右目は依然として遠くを望み、その目がふと何かを捉えたか、左の黒い目を閉じ、青い単眼だけをこちらに見せた。

「前に話した川っぺりのな」

――と始められた話は「五目チャーハン」の話のつづきだ。

「行き着いた壁の向こうに、お化け煙突が見えたのを思い出す」

師匠ではなく師匠の青い目が追憶しているようだった。

――知ってるか、お化け煙突。

ある場所から眺めると一本にしか見えない巨大な煙突が、あるところからは二本に、あるいは三本に、終いには四本にまで見える。五本や六本に見えたと言う奴はいなかったから、まぁ、実際には四本の煙突が立っていて、眺める位置によって重なり合って見えたのが見る度に姿を変えるように思えたんだろう。

俺は川べりのいろんな壁に突き当たったから、そこから四本も三本も二本も見た。だが、一番不気味だったのはすべてが重なり合って一本に見えたときだ。夕空を背にしたシルエットが巨大な化け物じみて見えたのに背筋がぞっとした。

そのとき俺は何故か無性に川を見たかった。手のひらを擦《す》り剝《む》きながら壁によじ登ると、壁の向こうには想像以上にでかい川が流れていて、見上げた化け物みたいな煙突もこちらにのしかかってくるようでそりゃあ恐ろしい。が、それより目の前を音もなく流れている暗い川が恐ろしかった。

なんだい、見るんじゃなかったなぁと舌打ちしながら下りようとしたが、川の向こうの草むらの、そのまた向こうの辺りにぽつんとひとつ光が見えて、しばらく俺はその小さな光を何だろうかと見ていた。どう言ったらいいのか、何やら落ちてきた星がそこで燻《くすぶ》ってるみたいで、たぶん対岸の人家か、それとも料理屋か何かの明かりなんだろう――そう思ううち、どうも不思議な心地になった。

もしかして、向こう岸にも俺みたいなのがいるんじゃないか。あの明かりのもとで五目チャーハンを食ってる奴がいるんじゃないか。いや、いるに決まってる。一本に見える煙突がじつは四本であるように、俺という人間が今ここにいる一人とは限らない。いや、もちろんこの俺は一人なんだが、俺がここでこうして俺である以上、どこかに俺とそっくりな三本の煙突が立っている。

怪盗の俺がいるなら探偵の俺もいて、こちら岸にも向こう岸にも俺がいる。

そう思ったら何も恐くなくなった。

俺は俺から俺を盗んでいただけのこと。

事実、俺がこの都から何を盗み取ろうと、俺がこの都にいる以上、結局のところ盗んだものはまだ都にある。向こう岸から眺めれば右にあったものが左に動いただけ。そんな小さな馬鹿げたことを俺は息を切らして逃げ回りながら繰り返してきた。ならば、都から逃げ出せば本物の怪盗になれるんじゃないかと向こう岸の俺は言うかもしれない。だが、俺はこの街に惚れてるからこそ、その惚れたものを手に入れたいのだ。都に身を置くというのはつまりそういうことで、一人で逃げればいいものを、いつでも三人ばかり引き連れていないと俺は俺でなくなってゆく。

「馬鹿げた話だ」

喉を嗄《か》らした師匠はつむっていた左目を開けると、

「どっちにしろ、もう終わったことだがね」

今度は両方の目を閉じて、口も閉ざした。

＊

弟子といっても元より怪盗の修業を望んだわけではない。ただ師匠の言葉に耳を傾けていただけだから、師匠が口を閉ざして、カタメともジャックとも言わなくなれば、電話が鳴ることもなくなって呼び出しもかからなかった。

相変わらず広げた新聞に「ル」の字を探したが、見つかるはずもない。仕方なく僕はルブランのルパン・シリーズを読みあさり、しばらくのあいだ、探偵小説における怪盗というものを研究してみた。が、それも飽き足らない。

大体、本人が同じ街の路地裏に暮らしているというのに、何故、本など読むのか。どれほど頁をめくっても、それはフィクションでしかない。読み耽《ふけ》っているうちに街は変わり、師匠の言葉を信じるなら、そのうち本当に街は滅んでしまうかもしれない。いや、必ずそうなる。

「ところが、街は変わらない」

師匠はそうも言っていた。それは、どちらもただの言葉だろう。が、二つの言葉を携えて現実の街を歩くと、確かに「滅びゆくもの」と「終わらないもの」が隣り合わせているのに気付く。

そうして「ルパン」を読み切って倦《う》んでいた頃、どうしても甘酒の匂いが恋しくなり、呼び出されてもいないのに路地の奥の玄関を訪ねた。

久し振りに立った玄関には甘酒の匂いがない。一瞬、不安がよぎって「まさか」と思ったが、いつものようにカヲルさんが奥から現れ、

「いないのよ」

めずらしく寂しげな笑顔を見せた。そこにはほんの微《かす》かに怒りのようなものも混

じり、そのせいか、カヲルさんの佇まいには甘さとは別のきりっとした清々しいものが感じられた。

「今頃どこかで五目チャーハンでも食べてるんでしょう」

カヲルさんの言葉がひとつの情景を浮かび上がらせた。

煙突があって川が流れている。

中華料理屋があって、もうじき夕方になるという頃合いだ。

師匠は、すべてを返し終えたら、そこでチャーハンを食べて向こうへ行くと言っていた。「向こう」とは、どこだろう。もしかしてパリのことか。それとも、そっくり同じ「俺」がいる川の向こう岸か。

「そのうち、帰ってくるでしょう。そしたらまた」

カヲルさんの声を背にして路地に戻ると、眠たげな光に充たされた路面に水たまりが残っていた。水たまりには小さな街の片隅が空を背負ってさかさまに映っている。家主を失ってひっそりした家屋や、家屋が失われて久しい空き地に雑草が伸び放題になっていた。

もっと覗き込もうと、水たまりに顔を寄せると、しゃがんだはずみにズボンの膝が濡れ、それでも構わず這いつくばると、そこに、あのとき師匠が探していたコンタクト・レンズが、一滴の青い波紋のように水面にゆらいでいた。

指し出される人差し指を待っていたのだろうか。

レンズは生き物みたいに貼り付いて、そうして今さらながら指先にうっすらと青く光るのは、紛《まぎ》れもないルパンが落とした左の瞳だ。

指が震えるのか、レンズが震えるのか、そうすることが弟子の務めとは思わないが、消えた師匠がただひとつ残した瞳を、僕は自分の左目に近づけて、その青さを見つめた。

青い目の中に、師匠の後ろ姿がシルエットになって映った。

あとがき

この小さな本に収められた六つの小説は、二〇〇三年の十二月から二〇〇五年の三月にかけて朝日新聞社の『小説トリッパー』に連載され、二〇〇五年の十二月に単行本『十字路のあるところ』（朝日新聞社）にまとめられました。

単行本のタイトルどおり、東京の路地＝十字路のあるところを歩き、話の骨格になる風景を拾い集めました。六つの話はいずれも現実の東京の町を起点にしています。築地、白山、根津、尾久、千住……等々。ガイドしてくれたのは写真家の坂本真典さんで、しかし、坂本さんと二人で町を歩いたわけではありません。まず、坂本さんが町を選んで写真に撮り、後日、プリントされた写真と撮影場所の地図をいただき——ゲームのように——地図に記された町名と印画紙に焼き込まれた風景を一人で探し歩きました。いずれも、十字路が続く迷路のようなところで、先行した写真家の足跡を推理するのは探偵気分でした。ただし、探偵とはいっても謎を解く快刀乱麻の探偵ではなく、見つけてしまった謎を前にして困惑する探偵です。探偵小説を読んでいると、探偵さえ現れなければ町は平穏無事だったのに、と思うことがあります。事件に輪郭を与えているのは犯人ではなく探偵なのです。しかし、輪郭を与えたはいいけれど、探偵が新米で名推理が展開できなかったときはどうなるでしょう。今回、文庫化にあたって読み返しながら、そんなことを考えました。

そろそろ——とっくに？——新米とは言えなくなってきましたので、名探偵のふりをして全面的にリライトし、付け焼き刃の快刀を振りかざして謎解きに挑戦してみようかと挑んだのですが、やはり、いましばらく謎は謎のまま十字路に置いておこうと考え直しました。快刀あらためＨＢの鉛筆を握りしめ、新米探偵の気分のまま加筆修正をしました。

文庫化にあたって、中央公論新社の香西章子さんにお世話になりました。また、十字路に導いて下さった坂本真典さんに感謝申し上げます。前述の『十字路のあるところ』には坂本さんの写真も収録されています。よろしければ、そちらもぜひ。

二〇一〇年　初夏

吉田篤弘

本書は『十字路のあるところ』（二〇〇五年十二月　朝日新聞社刊）に収録された小説六篇に加筆・修正を加えて短篇集とし、改題したものです。

中公文庫

水晶萬年筆《すいしょうまんねんひつ》

2010年7月25日　初版発行
2021年4月30日　再版発行

著　者　吉《よし》田《だ》 篤《あつ》弘《ひろ》

発行者　松田 陽三

発行所　中央公論新社
〒100-8152　東京都千代田区大手町1-7-1
電話　販売 03-5299-1730　編集 03-5299-1890
URL http://www.chuko.co.jp/

DTP　嵐下英治
印　刷　精興社（本文）
三晃印刷（カバー）
製　本　小泉製本

©2010 Atsuhiro YOSHIDA

Published by CHUOKORON-SHINSHA, INC.
Printed in Japan　ISBN978-4-12-205339-7 C1193

定価はカバーに表示してあります。落丁本・乱丁本はお手数ですが小社販売部宛お送り下さい。送料小社負担にてお取り替えいたします。

●本書の無断複製(コピー)は著作権法上での例外を除き禁じられています。また、代行業者等に依頼してスキャンやデジタル化を行うことは、たとえ個人や家庭内の利用を目的とする場合でも著作権法違反です。

中公文庫既刊より

各書目の下段の数字はＩＳＢＮコードです。978－4－12が省略してあります。

よ-39-1
それからはスープのことばかり考えて暮らした
吉田篤弘
路面電車が走る町に越して来た青年が出会う、愛すべき人々。いくつもの人生がとけあった「名前のないスープ」をめぐる、ささやかであたたかい物語。
205198-0

く-20-1
猫
クラフト・エヴィング商會
井伏鱒二／谷崎潤一郎他
猫と暮らし、猫を愛した作家たちが思い思いに綴った珠玉の短篇集が、半世紀ぶりに生まれかわる。ゆったり流れる時間のなかで、人と動物のふれあいが浮かび上がる、贅沢な一冊。
205228-4

く-20-2
犬
クラフト・エヴィング商會
川端康成／幸田文他
ときに人に寄り添い、あるときは深い印象を残して通り過ぎていった名犬、番犬、野良犬たち。彼らと出会い、心動かされた作家たちの幻の随筆集。
205244-4

お-51-5
ミーナの行進
小川洋子
美しくて、かよわくて、本を愛したミーナ。あなたとの思い出は、損なわれることがない――懐かしい時代に育まれた、ふたりの少女と、家族の物語。谷崎潤一郎賞受賞作。
205158-4

さ-44-2
嘘ばっか 新釈・世界おとぎ話
佐野洋子
野心的なシンデレラ、不美人な白雪姫……ユーモアと毒のきいた、二十六篇のおとぎ話パロディ。全話に挿絵つき。〈巻末エッセイ〉岸田今日子・村田沙耶香
206974-9

ほ-16-1
回送電車
堀江敏幸
評論とエッセイ、小説。その「はざま」にある何かを求め、文学の諸領域を軽やかに横断する――著者の本領が発揮された、軽やかでゆるやかな散文集。
204989-5

む-4-3
中国行きのスロウ・ボート
村上春樹
１９８３年――友よ、ぼくらは時代の唄に出会う。中国人とのふとした出会いを通して青春の追憶と内なる魂の旅を描く表題作他六篇。著者初の短篇集。
202840-1